LUCIEN DEPRIJCK

# Die Inseln, auf denen ich strande

GOLDMANN
Lesen erleben

*Buch*

Stranden, aber wie? In achtzehn Erzählungen entführt Lucien Deprijck auf fantasievolle Reisen zu immer neuen Inseln: Vom tropischen Paradies bis hin zur umstürmten Inselhölle – die entlegenen Ufer, an denen die Leser stranden, sind genauso facettenreich wie die Erlebnisse der Schiffbrüchigen selbst. Einer sehnt sich nach einer einsamen Insel und landet an einem von Menschenmassen überfüllten Strand. Ein anderer sitzt, umringt von ohrenbetäubend schnatternden Seevögeln, auf einem kargen Felsen fest. Und ein weiterer besucht immer wieder seinen Rückzugsort, ein Inselchen inmitten des scheinbar endlosen Mississippi. So macht dieses einzigartige Gesamtkunstwerk aus vielfältigen Inselepisoden und wunderschönen Illustrationen Lust darauf, in unbekannte Welten einzutauchen, und erzählt zugleich auf zutiefst menschliche Weise von Abenteuern und neuen Chancen. Ob atemberaubend, melancholisch oder absurd-komisch – Lucien Deprijcks vielseitige Geschichten offenbaren Träume, Hoffnungen und Sehnsüchte und sind dabei so tiefgründig wie der Ozean und so mitreißend wie die Wogen des Meeres.

Lucien Deprijck,

Jahrgang 1960, hat flämische Wurzeln und studierte in Köln Germanistik, Anglistik und politische Philosophie. Als freier Autor veröffentlichte er Beiträge in diversen Zeitungen und Magazinen, darunter »Die Welt« und »Frankfurter Allgemeine Zeitung«, und widmet sich dem Schreiben von Romanen, Erzählungen und Gedichten. Darüber hinaus ist er als Übersetzer englischer und amerikanischer Literatur tätig und übertrug u.a. Werke von Mark Twain, Robert Louis Stevenson und Stephen Crane ins Deutsche. Lucien Deprijck lebt in Köln. Weitere Informationen zum Autor und seinen Werken finden Sie unter www.lucien-deprijck.de.

Christian Schneider

wurde 1978 geboren und wuchs in Franken auf. Er studierte Illustration an der HAW Hamburg und ist heute als freischaffender Illustrator tätig. Sein besonderes Interesse gilt dem Genre der Expeditionszeichnerei.

Lucien Deprijck

# DIE INSELN, AUF DENEN ICH STRANDE

*Mit Illustrationen von Christian Schneider*

GOLDMANN

Die Originalausgabe erschien 2012
bei mareverlag, Hamburg.

*Nachweis Seite 53*
Aus: Jules Verne, *Zwei Jahre Ferien.*
Aus dem Französischen von Erika Gebühr.


MIX
Papier aus verantwortungsvollen Quellen
FSC® C014496
FSC
www.fsc.org

Verlagsgsgruppe Random House FSC® N001967
Das FSC®-zertifizierte Papier *Profibulk* von Sappi
für dieses Buch liefert Igepa 2H-Papier.

1. Auflage
Taschenbuchausgabe November 2013
Wilhelm Goldmann Verlag, München,
in der Verlagsgruppe Random House GmbH
Lizenzausgabe mit Genehmigung des mareverlag, Hamburg

Umschlaggestaltung: UNO Werbeagentur, München

KS · Herstellung: Str.
Druck und Bindung: Těšínská tiskárna, a. s., Český Těšín
Printed in Czech Republic
ISBN: 978-3-442-47955-9
www.goldmann-verlag.de

# DIE ERSTE INSEL

Die erste Insel, auf der ich strande, ist nur ein aufragendes Riff im Meer.

Ich habe keine Chance.

Über mir ist eine sengende Sonne, die mich ausdörrt und verbrennt. Nichts wächst hier. Nichts bietet Schutz. Bei Flut versinke ich fast im anbrandenden Ozean.

Ich begreife kaum, was vorgeht.

Schon am zweiten Tag trinke ich Meerwasser. Sinke in ein qualvolles Halbbewusstsein, nur die Schmerzen hindern mich daran, vollends zu versinken.

Am Morgen des vierten Tages ist alles zu Ende. Ich hatte nicht die geringste Chance.

Aber es war auch kein faires Spiel.

# DIE ZWEITE INSEL

Die zweite Insel, auf der ich strande, ist kaum mehr als ein Felsen in der See. Ein zerklüftetes Massiv, eine tiefgraue Formation aus Basalt, dünn bewachsen von Flechten und Moos. Das eine Ende fällt in wuchtigen Felsformationen schroff ab zum Meer, das andere läuft aus in einem steinigen Strand, der bei Ebbe brach liegt und auf dessen felsigen Abschnitten sich Tümpel bilden, in denen sich Muscheln und Krebse finden. Neben dem Moos auf der Unterseite überhängender Felsabschnitte scheinen sie die einzige Nahrung zu sein. Wenn man Glück hat, bleibt in einem dieser Meerwasserbecken ein Fisch zurück.

Ich habe keine Wahl, ich muss die Dinge roh essen. Einige Meerestiere und Muscheln erregen Übelkeit oder gar Krämpfe, ich lerne schnell, was genießbar ist, aber es gibt genug Tage, an denen ich die Krämpfe in Kauf nehmen muss. Anfangs mühe ich mich ab, Fische, die ich ergattere, zu töten und auszunehmen. Dann jedoch esse ich sie ganz und schließlich sogar lebend. Ich kaue Wasserpflanzen und Tang, ich sauge Schnecken aus, ich will leben, um jeden Preis leben.

Nachts ist es so kalt, dass ich nahe daran bin zu erfrieren. Ich lerne alles sehr schnell, auch, mich in Treibgut, in Tang und Sand einzugraben. Die Insel lehrt mich unerbittlich Dinge wie ein Vater, der herrisch an Armen zerrt und mit harter Hand straft. Und von dem man deshalb glaubt, dass man ihn nicht liebt.

An kalten, bewölkten Tagen ist es hart, bei Sturm und Orkanen bete ich, anfangs noch. Auch an sie gewöhne ich mich.

Für den vielen Regen muss ich dankbar sein. Schon nahe am Verdursten, lerne ich, Wasser aufzufangen, zu sammeln für die Tage, an denen es keines gibt.

Wenn es aufklart, wenn die Sonne scheint, sitze ich auf den Felsen im Licht, heize mich auf für die kalten Nächte. Ein Wunder, dass ich mir in diesen eisigen Finsternissen nicht den Tod hole.

Es dauert nicht lange, bis ich Gespräche führe, mit Gefährten, die ich erfinde, so lange, bis ich sie sehen kann. Bis sie mir antworten.

Ich erlerne primitive Methoden des Fischfangs, ohne den einen oder anderen Erfolg dieser Art könnte ich nicht überleben. Und ich habe auf der zerklüfteten Nordostseite Vogelnester entdeckt, Felsnischen, in denen weiß-graue Vögel nisten. Nicht nur an Eier komme ich auf diese Weise. Es ist ein berauschendes Gefühl, eines Tages, nach scheinbar Tausenden vergeblicher Annäherungen, einen der Vögel in den starren Fingern zu halten und ihm verbissen das Leben aus dem Leib zu drücken, bis er schlaff in meinen Händen liegt, Kopf und Hals nach unten hängend und im rauen Wind pendelnd.

Viel gab es nicht zu erkunden, aber bei meinen Streifzügen durch die felsige Einöde habe ich außer den Vogelnestern eine Formation von aufeinandergetürmten Felsen und Steinen entdeckt, offenbar von Menschenhand errichtet, die Reste einer Art Kapelle, in der – womöglich schon vor Jahrhunderten – ein Mönch in der Abgeschiedenheit einer ultimativen, härter nicht denkbaren Askese seinem Gott frönte. Bei Stürmen und dem Anfluten des Ozeans flüchte ich mich manchmal an diesen Ort, später erneuere ich die Ruine und wohne die meiste Zeit darin.

Ich wohne dort so lange, bis Kälte, Hunger und Schmerz, bis die Zeit und alle Sehnsucht ganz gleichgültig geworden sind. Ich denke nicht mehr an Feuer und Brot und Umarmungen und Küsse und halte nicht mehr Ausschau nach Schiffen, und ich spreche nicht mehr mit denen, die längst wieder verschwunden sind. Die Sprache hat mein Dasein verlassen, es ist stiller geworden. Manchmal, an schönen Tagen, liege ich nur am Ufer auf Steinen und Sand. Ich spreche nicht mehr, ich denke nicht mehr. Ich betrachte meine Zehen und Hände. Sie erinnern mich an etwas, was früher mir gehörte.

Ich sitze in den Ruinen der Felsenkapelle und fühle einen seltsamen Frieden. Sitze so, wie jemand vor mir hier gesessen hat. Vor langer Zeit. Erst gestern. Vor Ewigkeiten. Soeben erst.

Die Zeit ist tot. Mein Ich ist lange fort.

Man leidet nicht daran, dass ein Vater einen hart straft und unendlich grausam ist. Man leidet daran, dass man ihn trotzdem liebt. Trotz allem. Ganz tief drinnen. *Du*

*Ungeheuer. Du elendes Schwein! Wie lange habe ich gehofft, dass du elendiglich verreckst!*

*Doch jetzt, da du tot bist, streiche ich dir übers Haar und weine.*

# DIE DRITTE INSEL

Auf der dritten Insel strande ich nicht allein.

Schon in der Rettungsinsel war das merkwürdig: ich und diese Frau. Dabei war es das potenzielle Inselparadies. Zweisamkeit am Ende der Welt. Adam und Eva im neuen Garten Eden. Und es war ja auch wirklich alles da. Die Palmen, die sandigen Strände, das klare Wasser, wie in der Badewanne. Wir landeten mit dieser schlagseitigen, beschädigten Rettungsinsel, mit der wir es bestimmt nicht mehr weit gebracht hätten, an einer flachen Küste. Kein Schwimmen bis zur Erschöpfung, kein Kampf mit den Elementen, nichts von wegen mit letzter Kraft, halb tot an den steinigen Strand. Kein Meerwasser geschluckt, keine Krämpfe, kein mörderischer Durst. Es gab auch keine Riffe, an denen wir zu zerschellen drohten, keine gewaltigen Brecher, die uns hätten zerschmettern können. Dieses bessere Schlauchboot trieb in der sandigen Bucht sachte an Land, wir stiegen aus und blickten uns um.

Willkommen im Paradies.

Es war nicht mal Nacht. Es war heller Tag, und uns bot sich dieser herrliche Anblick. Eine flache Insel mit einigen hügelartigen Erhebungen, Stränden, üppiger Vegetation, Palmen. Kokospalmen. Wie im Prospekt. Wir hielten es wirklich für möglich, dort ein Hotel zu finden oder eine Ferienanlage.

Doch schon im Zuge einer kurzen Erkundung wurde klar, dass diese Insel nur klein war. Unbewohnt. Offenbar abgelegen.

Entfernungen schätzen war noch nie meine Stärke. Aber man ging vom einen Ende der Insel zum anderen etwa zehn Minuten. Egal in welcher Richtung. Die Insel lag fast wie ein Pfannkuchen im Meer, dessen eine Seite ein wenig ausgefranst war. Sie war überwuchert von Grün.

Schon in der Rettungsinsel war das komisch gewesen: diese Frau und ich. Uns völlig fremd. Nicht bloß, dass wir uns nicht kannten. Diese Fremdheit ging tiefer. Wir kannten uns nicht. Aber wir wollten einander auch nicht kennen. Es war sehr schwierig, so zu tun, als sähen wir den anderen nicht. Aber wir versuchten es. So gut es ging.

An den äußeren Gegensätzen allein kann es nicht gelegen haben. Ich ein Mann, sie eine Frau. Ich eher jung, sie schon ein wenig älter. Ich weiß. Sie schwarz.

Sobald wir dem Rettungsfloß entstiegen, ging jeder in eine andere Richtung. Als wir es bemerkten, gingen wir trotzdem weiter. Unauffällig, als wollten wir uns bloß die Beine vertreten. Auf dem Festland wären wir am Ende jeder einfach immer weitergegangen. Und hätten uns nie wiedergesehen. Aber das war auf dieser Pfannkucheninsel nicht zu machen.

Ich sah sie aus der Ferne am Ufer herumstaksen. Sie schaute immer wieder zu Boden, stocherte da herum.

Blickte aufs Meer. Auf die hoch aufragende Vegetation. Die ich, mittlerweile zweihundert Meter entfernt, schon betreten hatte. Wenn man so sagen kann. Es war wie eine grüne Wand, Büsche und Bäume sehr hoch, sodass man sich vorkam wie ein Zwerg, wenn man zwischen ihnen durchging. Ich trieb mich im Grenzgebiet zwischen Strand und Busch herum, warf Blicke ins stellenweise undurchdringliche Grün, horchte, prüfte. An einer Stelle, wo der lichtere Bewuchs sich wie ein Durchgang öffnete, trat ich ein und folgte dieser Passage im Zickzack ins Innere der Insel. Ich ging einfach weiter, obwohl ich mir selber sagte, dass es ungehörig, unvernünftig, unpassend war. Ich hätte vielleicht besser umkehren sollen.

Aber ich ging weiter, und so sah ich zwischen den Bäumen irgendwann wieder das Meer, vom Kamm einer der Erhebungen aus, die sich über die Insel zogen. Ich konnte bei dieser ersten Erkundung auf drei Seiten das Meer erkennen, und es war nicht anzunehmen, dass sich ausgerechnet in der vierten Himmelsrichtung endlos Land erstreckte. Auch wenn ich unsere Position nicht genau hätte bestimmen können, musste jegliches Festland Tausende Kilometer entfernt sein, so viel war klar.

Als ich zurückkam, über zwei andere Buchten zurück zu dem Strand, an dem das Rettungsfloß lag, sah ich sie auf einem gegabelten Baumstück sitzen, das aus dem Sand ragte. Sie hatte den Kopf in eine Hand gestützt und blickte nachdenklich aufs Meer.

»Das ist eine Insel«, sagte ich, als ich bei ihr war.

»Ja«, sagte sie, »ich weiß.«

Das war die ganze Unterhaltung. Der Rest, alle Dinge, die zu besprechen jetzt denkbar nahelag, spielte sich zunächst in meinem Kopf ab. Vielmehr in unseren Köpfen. Denn es war dem weiteren Verlauf der Dinge abzulesen, dass ihre Gedanken den meinen ähnelten. Rein inhaltlich, meine ich. Nicht dass unsere Denkstrukturen auch nur eine entfernte Verwandtschaft gezeigt hätten. Aber die Dinge, über die wir uns Gedanken machten, waren – eigentlich zwangsläufig – die gleichen.

Im Rettungsfloß befand sich nicht viel, was uns von Nutzen sein konnte. Ein Haufen Konserven, immerhin. Die würden uns über die nächsten Tage bringen. Wenn nicht Wochen. Verhungern würden wir nicht. Verdursten auch nicht. Wasser war noch da, für einige Tage. Das Rettungsfloß selber konnte uns als Schlafplatz, als Schutz dienen. Die Temperaturen waren äußerst angenehm. Nachts wurde es vermutlich etwas kühl, aber kalt – wohl kaum. Wir hatten die Leuchtpistole. Mein mobiles Telefon war verloren gegangen. Ihres war noch da, aber es funktionierte nicht. Zuerst hatte es keinen Empfang, dann rührte es sich überhaupt nicht mehr. Ein fast leerer Akku hatte seinen Geist aufgegeben.

Und ich hatte geglaubt, dass im Zeitalter der globalen Kommunikation Inselschicksale gar nicht mehr möglich wären. Weil man bloß jemanden anzurufen brauchte.

Wir saßen da am Strand, ich im Sand, sie auf ihrem Baumstück, und grübelten vor uns hin. Ich betrachtete sie verstohlen, so unauffällig wie möglich. Sie war eine schlanke, fast schon dürre und grazile Frau. Soweit sich das unter dem Sweatshirt und einem T-Shirt, das aus dem Kragen herausguckte, bestimmen ließ. Wenig weibliche Formen. Eher der sportliche Typ. Typ farbige Langstreckenläuferin. Der ganze Körperbau wirkte sportlich. Auf einem dünnen Hals saß ihr markanter Kopf. So eigentümlich und auffallend geformt, dass man unwillkürlich in Rassenkategorien rutschte, wo man mangels Detailwissen ungeschickt herumtappte. »Bantu« kam mir in den Sinn. Sahen so nicht Bantufrauen aus? Ostafrika. Die Wiege der Menschheit.

»Was starren Sie mich so an?«

»Hab bloß nachgedacht. Frage mich, wie's Ihnen geht.«

»Bestens. Alles in Ordnung.«

»Gut.«

Das Problem war, dass wir uns nicht mochten. Von Anfang an. Es war keine plumpe Abneigung. Nicht dass ich sie abstoßend hässlich fand oder so was. Dass sie mich an jemanden erinnerte, den ich verabscheute. Dass ich gar rassistische Vorbehalte gehabt hätte. Nichts dergleichen. Wir waren einander einfach vollkommen fremd. Vollkommen abgeneigt. In einem Lokal, an einer Bar hätten wir uns niemals angesprochen, auch wenn wir zwei Stunden lang die einzigen Gäste gewesen wären. Wenn ich jemanden nach der Uhrzeit hätte fragen wollen und nur sie wäre in der Nähe gewesen, dann hätte ich's gelassen und mich mit meinen Schätzungen zufriedengegeben. Wäre sie an der Uni die Dozentin in einem Seminar gewesen, wäre ich nach dem ersten Mal nicht mehr hingegangen.

Manchmal ist das so: Man erkennt Menschen als

Gleichgesinnte, Geistesverbundene, Seelenverwandte. Oder aber auch nicht. Nicht im Geringsten. Es gibt Menschen, die sind anders. Grundlegend anders. Sie liegen einem nicht. Sie bereiten einem Unbehagen. Man möchte nicht in ihrer Nähe sein und sie nicht mal ansehen. Auch nicht von ihnen angesehen werden. Es wäre einem unangenehm, neben ihnen zu sitzen, ihnen die Hand zu geben, mit ihnen zu tanzen. Man möchte nicht mit ihnen an einem Tisch sitzen. Nicht in einem Zelt schlafen. Und nicht auf einer einsamen Insel sein.

Man hat nichts gegen sie. Wie könnte man, da man sie ja gar nicht kennt. Aber man mag sie einfach nicht.

Sie sind *anders*.

Und – um das gleich klarzustellen – dies ist nicht eine dieser herzergreifenden Liebesgeschichten, in denen zwei sich anfangs nicht grün sind und nur herumzanken, aber dann später zueinanderfinden und sich als *das* Liebespaar der Menschheitsgeschichte entpuppen. Das funktioniert nämlich nur, wenn man sich nicht mag. Nicht aber, wenn man sich ganz und gar nicht mag. So viele Jahre können gar nicht vergehen, dass sich da noch was ins Gegenteil verkehrt. Weil Menschen nun mal nicht fünfhundert werden.

Wir saßen auf dieser blöden einsamen Insel – und wollten nur nach Hause. Klar, das wollen alle Gestrandeten. Weil sie zu ihren Leuten zurückwollen, in ihre Heimat, in ihr ganzes normales Leben. Wir aber wollten es, um den anderen los zu sein.

Sie stand auf und machte sich daran, das Rettungsfloß

höher auf den Strand zu ziehen. Damit die Flut es nicht davonschwemmte. Also stand auch ich auf und half ihr. Alles ohne ein Wort. Man hätte sich mit einigen Sätzen verständigen können. Aber das wäre lästig gewesen. Man ließ es lieber sein. Und war im Ergebnis heilfroh, dass man's gelassen hatte.

Klar, wir konnten nicht ewig schweigen, ein paar Dinge mussten wir schon besprechen. Zum Beispiel, weil es Abend wurde. Und dunkel.

»Sie können im Rettungsfloß schlafen«, sagte ich. Es war klar, dass wir nicht beide gemeinsam dort die Nacht verbringen würden und dass ich diesen Platz nicht für mich beanspruchen konnte, während sie draußen blieb, also gab es dazu nichts weiter zu sagen.

»Wie heißen Sie überhaupt?«, fragte ich.

Sie blickte mich an, schwieg einige Sekunden, fand aber wohl keinen ernsthaften Grund, mir das zu verschweigen.

»Ihren Vornamen«, fügte ich hinzu, weil ich so eine Ahnung hatte, dass sie mir nicht mehr zu geben gedachte als eine förmliche Anrede.

»Ich heiße Aimée.«

»Und wie hat es Sie hierher verschlagen? Ich meine … waren Sie beruflich unterwegs?«

»Ich war auf dem Weg zu meinem Sohn. Er studiert in Sydney.«

Er war ihr einziger Sohn, und sie war mächtig stolz auf ihn. Einen Vater gab es schon lange nicht mehr, er war aus dem Spiel, längst tot oder anderweitig Vergangenheit. Nach alldem brauchte ich nicht zu fragen, es war klar.

Es war so was von klar. Sie stellte mir keine Gegenfrage, vielleicht, weil sie einfach wusste, dass ich keinen Sohn, dass ich überhaupt keine Kinder hatte. Und nicht mal eine Frau. Und zurzeit nicht mal irgendjemanden. Bestimmt ahnte sie, dass ich bloß so zum Vergnügen nach Australien unterwegs war und dass überhaupt nichts dahintersteckte, was irgendwie berichtenswert gewesen wäre, und weil sie es wusste, fragte sie nicht.

Ich wusste, dass sie schwere Jahre hinter sich und alles für ihr einziges Kind geopfert hatte. Dass sie religiös war und irgendeinem christlichen Gott dankte, jeden Tag, auch auf dieser Insel hatte sie sich schon mit ihm verständigt. Diese einseitige Kommunikation, die sie betrieb, seit sie ganz klein war, deren Fundament ein Glaube war, der darin bestand, sich einer Sache sicher zu sein, für die es nie einen Beweis gegeben hatte. Und nie geben würde. Und obwohl es nie eine Antwort gab oder ein Zeichen – nein, nicht obwohl, gerade deshalb glaubte sie. An das, was man sie als Kind gelehrt hatte. Weil sie dort geboren wurde, wo sie geboren wurde. Wäre sie in Japan geboren, wäre sie Zen-Buddhistin geworden, in Bagdad Muslima. Und hätte mit der gleichen Inbrunst an eine jeweilige Lehre geglaubt, nur weil man sie ihr mit auf den Weg gegeben hatte.

Ich wusste, dass sie Baptistin war, warum sollte ich sie also danach fragen? Und sie wusste, dass ich an nichts glaubte als an die heilige Kokosnuss, also warum darüber reden? Worüber? Darüber, dass ich intelligent genug war, einen Glauben abzulegen, den man mir auferlegt hatte, bloß weil ich dort geboren war, wo ich geboren war, und nirgendwo anders? Dass ich nach dem einzigen Marihuanatrip meines Lebens nach zweistündigem ununterbrochenem Lachen entkräftet zusammengebrochen war? Ich mochte meine Frühstückseier so, dass sie fast hart waren, nur das Eigelb noch ein bisschen flüssig, sie kochte ihre bloß drei Minuten, ganz weich, aber was spielte das hier für eine Rolle?

Während die Tage und dann die Wochen vergingen, richteten wir uns auf der Insel ein. Was blieb uns anderes übrig? Wir trugen Treibgut zusammen, schlugen junge Bäume, bauten uns einen Unterschlupf. Sammelten Vorräte, Kokosnüsse und andere Früchte, es herrschte daran kein Mangel. Es gab Yamswurzeln und wilden Mais und sogar Sellerie. Das Anfertigen von Speeren und stundenlange, ermüdende Aktionen im flachen Wasser der Buchten erbrachten einen bescheidenen Ertrag beim Fischfang.

Das »Baumhaus« verdiente den Namen kaum, aber irgendwann, nach vielen Anstrengungen, war es eine kleine Hütte drei Meter über dem Boden, mit einem beinahe wasserdichten Dach aus Palmen- und Brotbaumzweigen. Dort war man geschützt vor der Feuchtigkeit des Bodens nach heftigen Regengüssen, vor dem Eindringen von Tieren, die nachts umherstreiften, Bisamratten, Stachelschweine und Schlangen. Und besonders vor Insekten. Affen, die auf der Insel lebten, kleine, hektisch umherhuschende, kreischende Kobolde, drangen manchmal ein. Nach ersten Erfahrungen, dem spurlosen Verschwinden einiger Werkzeuge und Gegenstände, war alles an bescheidenem

Hab und Gut so gesichert, dass kleine Affenhände es nicht mehr entwenden konnten. Mit der Zeit wurde die Hütte so abgedichtet, dass ein Eindringen nicht mehr möglich war.

All diese Arbeiten zogen sich über Wochen und Monate hin. Das Konstruieren, Bauen, Ver- und Ausbessern und die Beschaffung von Nahrung waren willkommene Ablenkung und füllten die Tage aus, sodass nicht allzu viel Zeit blieb, zu grübeln und sich in Gedanken zu verlieren.

Ich besuchte sie manchmal in ihrem Wigwam auf den Hügeln, wo auch sie weitgehend vor Nässe geschützt war. Aber diese Besuche waren selten. Tage- und wochenlang sahen wir uns kaum. Anfangs fühlte ich mich bemüßigt, nach ihr zu sehen. Aber sie kam ganz gut zurecht. Anscheinend lebte sie allein von den Früchten. Während ich dankbar war für jeden Fisch auf meinem Spieß.

Eines Nachts, es musste mittlerweile April sein, fegte ein verheerender Sturm über die Insel. Ich dachte, er würde mein Baumhaus mitreißen und über die ganze Insel verstreuen, mich eingeschlossen. Tatsächlich richtete er einigen Schaden an. Doch nach den Erfahrungen mit stürmischen Tagen, die es in der Vergangenheit bereits gegeben hatte, war es mir gelungen, alles ausreichend zu verankern.

Ich kauerte zitternd in einer Ecke meiner Behausung und wartete, was geschehen würde. Hinaus wagte ich mich nicht. Der Sturm war so stark, dass er mich fortgerissen hätte.

Nach zwei Tagen war der Orkan so weit abgeflaut,

dass ich hinunterkletterte. Ich ging hinüber zu ihrem Unterschlupf. Er war verschwunden. Der Sturm hatte ihn vollständig weggefegt. Von ihr selbst war nichts zu sehen. Auch als ich hierhin und dorthin über die Insel streifte, konnte ich keine Spur von ihr finden. Ich musste das Schlimmste befürchten und machte mir Vorwürfe.

Doch zwei Tage später fand ich sie auf den Hügeln beim Wiederaufbau ihrer Hütte. Sie war wohlauf. Musste sich irgendwo verborgen haben. Wo, blieb für immer ein Geheimnis.

Der Winter kam, aber in diesen Breiten machte das keinen großen Unterschied. Da wir uns die Werkzeuge teilten, begegneten wir uns manchmal. Einmal kam sie herauf in mein Baumhaus, erstaunlich geschickt im Klettern, und wir saßen etwa eine Stunde zusammen, sprachen und aßen sogar gemeinsam. Es war wie ein Höflichkeitsbesuch unter entfernten Verwandten, wir fühlten uns beide unwohl und waren froh, als wir es hinter uns hatten.

Worüber wir gesprochen hatten, waren Möglichkeiten, von der Insel zu entkommen. Es war im Wesentlichen dieses Gesprächsthema, das uns dann und wann zusammenführte. Wir waren uns einig darüber, dass die Insel abseits lag, dass weit und breit kein Festland in der Nähe war und deshalb jeder Versuch, mit der instand gesetzten Rettungsinsel oder einer anderen nautischen Konstruktion Land zu erreichen, vergebens war. Man hätte versuchen können, eine andere Insel zu erreichen, aber wie wir mittlerweile sicher wussten, war von keinem Punkt dieser Insel aus anderes Land zu sehen. Und so hätten wir nicht einmal eine Ahnung gehabt, in welche Richtung wir uns wenden sollten. Wenn es uns denn überhaupt möglich gewesen wäre zu steuern.

Es gab Spuren menschlicher Anwesenheit, aber sie waren alt, diese Anwesenheit lag lange zurück. In einer der Buchten fanden sich einige verrostende Metallfässer und Teile von den Aufbauten eines Schiffes. Alles war lange verrottet und versank langsam im Erdboden. Vielleicht hatte ein havariertes Schiff hier haltgemacht. Man hatte vermutlich über Funk Hilfe angefordert. Oder aber das Boot wieder flottgemacht. Auf einer der Landzungen gab es eine Art Markierung oder Monument aus aufgetürmten Steinen. Metallteile und Stücke von Holzplanken waren darin eingebaut worden, aber wenn sie jemals Aufschriften oder andere Hinweise getragen hatten, musste das lange her sein. Jahrzehnte oder ein ganzes Jahrhundert.

Die Insel war bekannt. Es gab schon lange keine unbekannten Inseln mehr. Aber da sie klein war, abseits der Schiffsrouten lag und keine Bodenschätze oder anderes bot, was sich in bare Münze umsetzen ließ, und da sie sich als Stützpunkt für was auch immer nicht eignete, kam kaum jemals jemand hierher.

Manchmal sahen wir Flugzeuge, hoch oben am Himmel, nur Punkte. Sie flogen in so großer Höhe, dass nicht einmal der Schall bis zu uns drang.

Ich hatte den Zeitablauf bald aus den Augen verloren, aber sie verfolgte ihn gewissenhaft, und an den Sonntagen sah ich sie vor ihrer Hütte oder an dem alten Monument lange verschwundener Seefahrer sitzen und ihre Zwiesprache mit Gott halten. Es kam sehr selten dazu, dass ich sie so sah, aber immer dann wusste ich, es war Sonntag.

Irgendwann kamen Tage, da wurde die Einsamkeit so groß wie die Versuchung, zu ihr hinüberzugehen und ihre Nähe zu suchen. Immerhin saßen wir doch im selben Boot. Und waren zwei Menschen auf dem gleichen verlorenen Stück Land unter der Sonne. Zwei- oder dreimal ertappte ich mich auf dem Weg zu ihrer Hütte, und ich erinnere mich, einmal im Dunkeln dagehockt zu haben, lauschend, ob drinnen etwas zu hören war.

Einmal fand ich morgens ihre Fußspuren im Sand unter meinem Baumhaus. Sie führten zum Stamm des Baumes, wo sie gestanden und hinaufgeblickt hatte. Bevor sie sich dann in eine andere Richtung wieder entfernten.

Eines Tages, als ich im sandigen Boden zwischen Betelpalmen und hoch aufschießendem Gras nach Wurzeln grub, spürte ich am Fuß einen Stich.

Meist ging ich barfuß, aber manchmal umwickelte ich die Füße mit Stoffbahnen aus dem Material im Rettungsfloß, selten trug ich auch meine Schuhe. Besonders dann, wenn ich mich im Unterholz bewegte und in bewachsenem Gelände.

Aber an diesem Tag war ich nachlässig gewesen – und wurde prompt dafür bestraft.

Was den Stich verursacht hatte, konnte ich nicht sehen. Was immer es gewesen war, es hatte sich schnell verkrochen. Eine Spinne, ein Skorpion, eine Schlange – ich wusste es nicht.

Zunächst machte ich mir keine Sorgen. Ich verspürte

keine auffallende Veränderung. Die Stelle am Fuß war rot und dick. Sonst geschah zunächst nichts.

Doch im Laufe des Tages schwoll der Fuß an, mir wurde schwindlig, und ich bekam Hitzeattacken. Ich wusch den Fuß, schmierte etwas von der Salbe aus dem Erste-Hilfe-Kasten darauf. Dann legte ich mich auf mein Lager im Baumhaus und ließ den Fuß ruhen. Ich konnte nichts tun außer warten.

Nachts kam das Fieber. Es wurde so stark, dass ich glaubte zu verbrennen. Niemals im Leben hatte ich solches Fieber gehabt. Manchmal erwachte ich und trank gierig aus dem Wasserkanister. Aber er war beinahe leer.

Am Morgen schien das Fieber abzunehmen, doch ich fühlte mich schwach und zittrig, schwitzte am ganzen Körper.

Bereits Stunden später glühte ich wieder. Der Kanister war leer, aber ich war zu schwach, um aufzustehen. Dann verwirrten sich meine Sinne, ich lag nur noch da und versank in Fieberfantasien.

Das war's also, dachte ich noch. So kommt es, dass du am Ende der Welt jämmerlich verreckst, an einem Schlangenbiss.

Diese Nacht, dachte ich, würde ich nicht überleben, und dann versank alles in Hitze und Schwärze und quälendem Durst. Ich fand mich wieder auf dem Schiff, fand mich zu Hause. Ich ging über die Insel, aber es war nicht real, ich wusste es, manchmal. Dann hatte ich das Gefühl, dass jemand bei mir war; mir war, als berührte jemand meinen Arm, meine Stirn.

Als ich erwachte, erschöpft und ausgelaugt, aber fieberfrei, hatte ich keine Ahnung, wie lange ich schon so lag. Nur diese eine Nacht? Zwischendurch, so kam es mir vor, war es hell gewesen, und dann wieder dunkel. Da ich den Zeitablauf nicht mehr festhielt, hatte ich keine Möglichkeit, mir Gewissheit zu verschaffen.

Als mein Blick auf den Tisch fiel, sah ich dort Früchte und Betelnüsse. Und den halb vollen Wasserkanister.

Es muss ungefähr nach anderthalb Jahren gewesen sein, als ich erwachte und von ferne Geräusche hörte. Ungewohnte, irritierende Geräusche. Geräusche wie von Motoren, ein Schaben und Knirschen. Und etwas wie menschliche Stimmen.

Als ich zum Strand hinunterlief, sah ich in der Bucht das Expeditionsschiff. Naturforscher, die auf dieser Insel an Land gegangen waren, um sich umzusehen und sich ein Bild von der Vegetation und den hier lebenden Tieren zu machen. Mein Herz stolperte und hämmerte in der Brust. Dann stand ich vor diesen Leuten im Sand der Bucht, tapste wie aufgescheucht umher, völlig fassungslos, fühlte Berührungen und lag schließlich jemandem in den Armen.

Sie war schon dort. Sie hockte auf den Felsen, und zwei Frauen waren bei ihr und schienen sie zu untersuchen, ihren Puls zu fühlen. Sie hielten ihr einen Becher hin, mit einem dampfenden Getränk.

An Bord des Schiffes dann schlief ich die meiste Zeit. Schlief und aß. Und trank. Ich war unterernährt und hatte

Ekzeme auf der Haut, die behandelt wurden. Man machte viel Aufhebens um meinen Zustand, der mir gar nicht bewusst gewesen war.

Wir gingen in Neuguinea an Land. Ich dachte, von dort aus wären es nur noch wenige Tage, wenn nicht bloß Stunden bis nach Hause. Aber es folgte eine Auseinandersetzung mit Behörden und Instanzen, die sich über Wochen hinzog, und als ich wieder daheim war, war es dort neblig und kühl, Herbstbeginn. In einem Land, in einer Stadt, wo niemand auf mich wartete. Nicht einmal dort, wo ich gearbeitet hatte. Wo mich alle anstarrten wie einen lebendigen Leichnam.

Es dauerte eine Weile, bis ich zurückfand in einen normalen Alltag. Ganz normal wird er vielleicht nie wieder sein. Ich glaube, ich werde mein Leben lang immer wieder nachts aufwachen, mich aufsetzen und horchen, irritiert, dass da kein Wind ist, der in den Ästen der Bäume rauscht, keine auf- und abschwellende Brandung, kein Geruch nach Tang und dem süßlichen Harz der Bäume.

Ich esse nur noch Gemüse und Früchte. Und Fisch. In völlig abgeschlossenen Räumen fühle ich mich eingesperrt. Immer sind Fenster geöffnet, selbst im Winter. Die meiste Zeit verbringe ich auf der Dachterrasse. Ich schlafe sogar dort, wann immer ich kann.

Es waren nur anderthalb Jahre, aber die Insel kann ich nie wieder aus mir herausbekommen.

Jedes Jahr zu Weihnachten schreibt Aimée mir eine Karte. Und auch ich schicke ihr eine, dann und wann. Niemals

Briefe, immer Karten. Immer mit guten Wünschen. Nur selten mit Neuigkeiten.

Einmal haben wir miteinander telefoniert.

»Wir sollten uns mal besuchen«, sagte sie. »Und gemeinsam Tee trinken. Oder so was.«

Aber wir taten es nie.

# DIE VIERTE INSEL

Irgendwie kommt mir diese Bucht bekannt vor. Seltsam bekannt. Als wäre ich schon hier gewesen.

Doch das war ich nicht.

Es muss das südamerikanische Festland sein, wenn man den Berechnungen von Kapitän Nab glauben mag. Und der musste es doch wissen. Kapitän Nab, der jetzt auf dem Meeresgrund liegt. Das, was von ihm übrig ist.

Das hier ist eine halbmondförmige Bucht, an deren einem Ende eine Landzunge ins Meer ragt. Der ansteigende Strand besteht aus Geröll und Kies. Jenseits davon erhebt sich dichte Vegetation. Laubbäume. Ein Urwald gemäßigter Zonen. Die Kulisse hat nichts Subtropisches mehr, wir müssen weiter nach Süden geraten sein, als ich dachte. Über die Bäume hinweg sind Erhebungen zu sehen, ein Gebirge im Landesinneren. Nördlich – nach dem Sonnenstand zu urteilen – erheben sich Klippen, mit vorgelagerten Riffen. Südlich reihen sich Buchten aneinander, die Küstenlinie verliert sich in der Ferne.

Meine Sachen, Hose, Socken, Schuhe, sind völlig durchnässt von der Fahrt in dem halb vollgelaufenen Boot. Nur mein Pullover ist unter dem Ölmantel leidlich trocken geblieben. Der kalte Wind geht mir durch und durch, am Himmel treiben tief und dicht dunkle Wolken dahin.

Als Erstes versuche ich, das Boot an den Strand zu ziehen, aber weit komme ich damit nicht, es bleibt halb im Wasser liegen. Meine durchfrorenen Hände kann ich kaum vernünftig einsetzen, ich habe keinerlei Gefühl darin.

Dann ziehe ich Rodríguez aus dem Boot. Der sich auf See stundenlang nicht gerührt hatte. Beim Aufprall auf die Riffe hat er einen dumpfen Schrei vernehmen lassen. Danach habe ich ihn jammern hören, als das Boot langsam volllief und das kalte Wasser ihn umspülte. Seitdem hat er nur noch apathisch dagelegen, und auch jetzt, als ich ihn aus dem Boot hieve – unter äußerster Mühe, denn er ist viel schwerer als ich –, lässt er kaum eine Reaktion erkennen. Ich wuchte ihn auf den steinigen Strand, wo er unsanft der Länge nach hinplumpst, auf den Rücken. Unter der Kapuze des Südwesters kommt sein bärtiges Gesicht zum Vorschein. Es ist bleich, eher schon blau. Er rührt sich nicht, atmet nur schwer.

Ich ohrfeige ihn zaghaft, auf beide Wangen.

»Stirb mir jetzt bloß nicht weg!«, rufe ich.

Aber genau das tut er. Nach nur wenigen heftigen Atemzügen sackt er zusammen, mit ausladendem Stöhnen. Liegt dann still, mit nach hinten verdrehten Augen.

Seltsam, bis jetzt ist alles halb so schlimm gewesen, weil ich nicht alleine war. Nicht einmal das vollgelaufene Boot versetzte mich in Panik, weil wir bereits nahe der Küste trieben, die seit Stunden zu sehen gewesen war. Ich war zu angespannt und zu beschäftigt, um Angst zu haben. Ich war mir sicher, dass wir dieses Land erreichen würden, und dann konnten wir weitersehen. Gemeinsam. Rodríguez war stark, wirkte unverwundbar. Instinktiv hatte ich mich auf ihn verlassen, hatte einfach angenommen, dass er sich erholen würde, wenn wir erst aus dem Boot und dem kalten Wasser heraus waren.

Doch er, der Unverwundbare, ist tot, und ich bin derjenige, der noch lebt.

Jetzt umklammert mich die Verzweiflung wie ein physisches Phänomen. Ich hocke neben Rodríguez und ziehe sinnlos an den Aufschlägen seines Ölmantels herum. Dann blicke ich mich erneut um, betrachte den Strand, die Bäume, die Klippenwand, das Kap über den Baumkronen, und erst jetzt ist alles bedrohlich. Nicht die Spur einer Siedlung, diese Küste ist vollkommen verlassen.

Aber immer noch kommt mir die Bucht, die ganze Kulisse vertraut vor. Als erinnerte sie mich an irgendetwas.

Wenn ich jetzt die Nerven behalte, wird bald alles gut werden. Nab hatte SOS gefunkt und immer wieder die Position des Schiffes durchgegeben, kurz bevor es sank. Zweifellos wird man uns suchen, und mehr als einige Stunden können wir seit Anbruch des Tages im Beiboot nicht getrieben sein.

Vom Beiboot aus mussten wir zusehen, wie die *Con Dios* explodierte. Warum, wird mir vielleicht einmal irgendjemand erklären können. Vermutlich, nein, ganz offenbar war Wasser in den Maschinenraum eingedrungen. Explodieren Schiffe dann? Dieses tat es jedenfalls. Nicht in einem Hollywood-reifen, gigantischen feurigen Knall, sondern mit einem dumpfen Puffen, woraufhin das ganze Schiff in dichtem Qualm aufging. Die Druckwelle hätte uns fast umgeworfen, so nah, wie wir dem Schiff waren. Die Schwaden hüllten uns augenblicklich ein. Ich hörte Rodríguez husten.

Kapitän Nab und drei Männer waren noch an Bord gewesen. Auf das gewaltige Puffen hin gab nichts mehr Aufschluss darüber, was aus ihnen geworden war. Wir riefen eine ganze Weile, aber ohne Ergebnis. Das Beiboot trieb davon. Eine Zeit lang versuchten wir es noch in der Nähe des qualmenden Wracks zu halten, doch dann sank die *Con Dios* immer tiefer in die Fluten, bis nur noch eine dampfende Stelle erkennen ließ, wo sie verschwunden war. Auch weitere Rufe blieben unbeantwortet. Trümmer trieben auf dem Wasser, aber es war kein Laut zu hören.

Jetzt ist Rodríguez tot, und ich bin ganz allein. Wenn ich wenigstens wüsste, woran er gestorben ist. Stellenweise war der Rauch sehr dicht, ich konnte Rodríguez nicht mal mehr sehen. Kann er so viel mehr von dem Qualm eingeatmet haben, dass er eine Rauchvergiftung bekam? Während ich mit einem andauernden Hustenreiz im Rachen und etwas Übelkeit davongekommen bin?

Ich weiß es nicht, und ich kann mich jetzt nicht lange damit beschäftigen. Ich muss die Sachen aus dem Boot holen, alles, was dort in der umherschwappenden Suppe schwimmt, die nassen Decken, die Konserven, die Blechbehälter mit Trockenfleisch. Und was es sonst noch gibt.

Ich muss Schutz suchen vor dem Wind. Muss ein Feuer in Gang setzen und die Sachen trocknen.

Wenn ich bloß wüsste, warum mir dieser Landstrich am Ende der Welt so bekannt vorkommt.

Drei Tage habe ich damit zugebracht, ein Notlager zu errichten und meine Sachen trocknen zu lassen, und ich bin die Küste entlang nach Süden gezogen, in der Hoffnung, auf irgendein Zeichen von Zivilisation zu stoßen.

Vier Buchten weiter wurde ich fündig. Dort gab es einen Landesteg für Boote und einige alte Container. Doch der Steg war halb verrottet, die hölzernen Pfähle dick mit Moos bewachsen, die Container rostig und offenbar dem Verfall überlassen. Weswegen auch immer man diesen Teil der Küste angelaufen hatte, es war lange her. Immerhin waren es Hinweise auf die Zivilisation, die ich suchte, und wenn ich weiterginge, würde ich wahrscheinlich andere und jüngere Spuren von Besiedlung finden.

Rodríguez' Leiche habe ich den Strand hinaufgezerrt und mit Steinen bedeckt. Mehr kann ich nicht tun, zum Graben fehlen mir die Werkzeuge. In Büchern und Filmen geht so etwas immer per Schnitt, im Nu sind die Steine akkurat aufgeschichtet. Aber in Wahrheit ist es eine unendliche Plackerei. Die Steine zu finden, sie heranzuschleppen. Und wie viele es sein müssen, um eine Leiche ganz zu bedecken!

Aber ich konnte ihn doch nicht einfach so liegen lassen.

Ich habe versucht, die Klippen zu ersteigen, um mir einen Überblick zu verschaffen, wie die Küste im Norden weiter verläuft, doch der Aufstieg war überall zu steil, und ich musste es aufgeben. Stattdessen will ich nun ein

Stück ins Landesinnere, an dem Wasserlauf entlang, der zwischen den Bäumen hervorkommt und in die Bucht mündet. Und der mich zunächst aller Sorgen um frisches Wasser entledigt. Obwohl ich ein Stück flussaufwärts gehen muss, weil das Wasser im Mündungsbereich brackig schmeckt.

Noch bin ich mit Nahrungsmitteln versorgt, auch mit Kleidung. Mein Rendezvous mit der bewohnten Welt hätte keine Eile. Trotzdem bin ich bestrebt, Auswege aus dieser Situation zu finden. Die Einsamkeit und die völlige Ungewissheit, wie es weitergehen und wohin ich mich am besten wenden soll, zerren an den Nerven. Also mache ich mich auf, zunächst den Flusslauf entlang und dann nach Norden, in die Richtung, in der sich das Kap erhebt. Von wo aus ich mir einen Überblick erhoffe, der Aufschluss darüber gibt, in welcher Richtung Städte oder kleine Orte existieren.

Der Weg ist jedoch sehr mühsam, führt durch Gestrüpp und sumpfige Abschnitte. Moskitos fallen über mich her, ich bin ununterbrochen damit beschäftigt, um mich zu schlagen. Es gibt stellenweise kaum ein Vorwärtskommen, und bald muss ich mich entscheiden, ob ich umkehren oder weitergehen soll. Bei der zweiten Variante ist es fraglich, ob ich vor Einbruch der Dunkelheit wieder zu meinem Lagerplatz zurückfinden werde.

Ich gehe weiter, in der Hoffnung, bald aufsteigendes Gelände zu erreichen und dem dichten Wald zu entrinnen. Viel schneller, als ich dachte, wird es dunkel, und mir bleibt nichts anderes übrig, als die Nacht irgendwo auf einem Lager aus Zweigen und Blättern zu verbringen, ein gutes Stück vom Bach entfernt, wo die Moskitos lauern.

Dennoch bin ich am nächsten Morgen ganz zerstochen, im Gesicht und an den Händen. Sehr früh, sobald zwischen den Bäumen Dämmerlicht erkennbar wird, breche ich wieder auf und kämpfe mich voran in Richtung Kap. Bald steigt das Gelände tatsächlich an, und dann geht es Hänge aufwärts, bis ich schließlich steile Abschnitte hinaufklettern muss. Hinter und unter mir verschwindet der dichte grüne Wald, und gegen Mittag habe ich den Grat des felsigen Massivs erreicht.

Ich befinde mich vielleicht hundertfünfzig Meter über dem Meeresspiegel und habe einen Rundblick über das Land, das weit und breit keine höhere Erhebung aufzuweisen hat. Jedenfalls soweit ich das sehen kann. Denn dichte Wolkenfelder treiben von See her übers Land, stellenweise in dichten Schwaden. Es gibt ein altes eisernes Gipfelkreuz hier oben, das einzige Zeichen der von mir ersehnten menschlichen Präsenz, aber es liegt darnieder, verhakt zwischen den Felsen, ist vor geraumer Zeit offensichtlich der Erosion und den Winden zum Opfer gefallen und rostet nun vor sich hin.

Nichts ist zu sehen, was nach einer menschlichen Ansiedlung aussieht, nach einer Station oder einem Haus. Nirgendwo steigt Rauch auf. Es sind nicht mal Straßenverläufe auszumachen. Übers Meer ist die Sicht schlecht und sehr lückenhaft, ein Schiff kann ich nicht entdecken. Ich warte das Vorüberziehen der Wolkenfelder ab, aber – natürlich – es zieht sich zusammen, und die Sicht wird immer schlechter. Im Osten – dort, wo ich Osten vermute; ich besitze einen Kompass, habe ihn aber sinnigerweise nicht mitgenommen – scheint sich für Momente eine Wasserfläche abzuzeichnen, aber die Wolken lassen es kaum erkennen.

Da komme ich zum ersten Mal überhaupt auf die Idee, dass ich mich auf einer Insel befinden könnte.

Vorräte habe ich ausreichend mitgenommen, und um die zurückgelassenen Sachen im Lager muss ich nicht bangen. Und so entschließe ich mich, hinunterzugehen zum Bachlauf und ihm weiter aufwärts in Richtung Osten zu folgen. An der Küste entlang nach Norden kann ich nicht gehen, wegen der Klippen, die sich dort weithin erstrecken. Und nach Süden bin ich bereits ein ganzes Stück gegangen. Bleibt also der Weg ins Landesinnere. Ich will herausfinden, ob es dort, höchstens einen Tagesmarsch entfernt, wirklich nur die gegenüberliegende Küstenlinie einer Insel gibt. Der Weg nach Osten ist in jedem Fall der einzig sinnvolle, denn dort liegt, so oder so, das südamerikanische Fest- oder Binnenland. Das Einzige, was mich zögern lässt, ist der Gedanke, dass man die Küsten absuchen wird, wenn man die SOS-Rufe empfangen hat. Wovon auszugehen ist. Aber bloß in einer Bucht ausharren und Tag und Nacht aufs Meer starren? Das habe ich, mehr oder weniger, drei Tage lang getan. Ohne jedes Ergebnis.

Also klettere und gehe ich wieder hinunter in die Wälder, wende mich Richtung Osten und erreiche auch dort bald wegsameres Gelände.

Eine weitere Nacht im Freien. Es regnet, unter einem

entwurzelten Baum finde ich nur leidlich Schutz. Am Morgen sind meine Sachen klamm und oberflächlich nass. Ich fühle mich entsetzlich und will nur nach Hause.

Stattdessen gehe ich weiter, folge meiner Richtung über Gelände, das bald nur noch wenig und dann scheinbar gar nicht mehr ansteigt, jetzt wieder nahe dem Bach.

Und dann, ganz unverhofft, sehe ich zwischen den Bäumen … Wasser. Die endlose Fläche des Meeres, und dahinter den Horizont, der sich im Dunst verliert. Wellen rauschen an den Strand, sacht und regelmäßig, eine sanfte Brandung.

Ich kann kaum noch daran zweifeln, dass ich mich auf einer Insel befinde. Wenn ich Glück habe, ist es eine Halbinsel. Aber daran wage ich beinahe nicht mehr zu glauben.

Es ist kalt, und meine Kleidung ist feucht, und alles, woran ich jetzt denke, ist, einen geschützten Platz zu finden und dort ein Feuer zu machen, etwas zu essen. Ich möchte nicht sofort den ganzen Weg zurück zur Bucht gehen. Also richte ich eine Feuerstelle ein und suche halbwegs trockenes Holz, und unter einigen Manövern und einer Rauchentwicklung, die möglicherweise schon ausreicht, die ganze Region auf mich aufmerksam zu machen, schaffe ich es, mit feucht gewordenen Streichhölzern ein Feuer in Gang zu bringen. Ich sitze da und wärme mich, schaue aufs Meer und esse das Dosenfleisch, das mir schon zum Hals heraushängt, und das bringt meine Gedanken darauf, dass ich früher oder später gezwungen sein werde, auf dieser Insel Nahrung zu finden, wenn es mir nicht bald gelingt, von hier fortzukommen. Die Küste des Festlands *kann* nicht weit sein, sage ich mir immer wieder, es ist die Hoffnung, die mich an diesem trüben, windigen Tag mehr nährt als das Fleisch.

Und während ich so sitze, habe ich plötzlich das Gefühl, beobachtet zu werden. Es ist ein deutliches, ganz unmissverständliches Gefühl. Nicht bloß ein Verdacht, sondern die Gewissheit, dass jemand in der Nähe ist. Ich lasse mein Erschrecken nicht sichtbar werden, ich weiß, dass ich mich jetzt nicht plötzlich umsehen darf. Ich würde liebend gerne einem Menschen begegnen und bin bestimmt nicht wählerisch, aber bei jemandem, der mich heimlich beobachtet und sich verborgen hält, ist zunächst vor allem Vorsicht geboten. Ich habe keine Ahnung, was mich erwartet.

Ich lege Holz nach und nutze diese Aktion, um mein Blickfeld etwas auszudehnen. Da entdecke ich links von mir im Gebüsch eine Bewegung und glaube, einen Kopf ausmachen zu können. Wie es scheint, der Kopf eines Kindes. Dunkle Haarsträhnen lugen zwischen den Zweigen hervor.

Ich setze mich wieder ans Feuer, aber diesmal in die Blickrichtung, die ich brauche. Und während ich geschäftig tue, sehe ich im Augenwinkel ganz deutlich den Kopf. Einen kleinen Kopf, umrahmt von dunklem, wuscheligem Haar.

»Du kannst herauskommen«, sage ich. »Ich habe dich gesehen.«

Aber sobald ich spreche, gibt es im Gebüsch eine hektische Bewegung, und der Kopf ist verschwunden. Ich springe auf und gehe ein paar Schritte auf das Dickicht zu.

»He, nicht weglaufen! Komm zurück! Ich tu dir nichts!«

Keine Antwort und keine Bewegung mehr. Stattdessen ein Knacken, als Zeichen, dass sich jemand entfernt.

»Verflucht!«

Es hat keinen Sinn, die Verfolgung aufzunehmen. Das Unterholz ist zu dicht, und eine solche Aktion würde den Beobachter nur weiter verscheuchen. Also kehre ich zurück zum Feuer, gehe dort auf und ab und halte dabei eine Art Rede.

»Wenn du noch irgendwo hier in der Nähe bist und mich siehst oder hörst, dann kannst du ruhig zurückkommen. Ich könnte ein bisschen Gesellschaft gebrauchen, und wenn dieses Land bewohnt ist, soll es mir recht sein, solange mir das dabei hilft, hier wegzukommen. Das ist nämlich alles, was ich will, und zwar auf dem schnellsten Weg, und …«

Während ich einfach drauflosrede, gehen mir gleichzeitig Gedanken durch den Kopf. Leben hier Eingeborene? Ist es das, was ich gesehen habe? Wir sind hier nicht mehr in der Südsee, das Klima ist sehr gemäßigt. Und unentdeckte Inseln gibt es doch schon längst nicht mehr. Natürlich, in Neuseeland etwa gab und gibt es eine eingeborene Bevölkerung, und dort ist das Klima auch nicht gerade paradiesisch. Ich betrachte die Stelle, wo der Kopf zu sehen war. War dieser Jemand so klein, oder hat er sich nur geduckt?

»… und ich wäre wirklich für jeden Rat dankbar, was

ich jetzt, verdammt noch mal, als Nächstes machen soll, und …«

Ich rede und rede vor mich hin und denke mir schon, was soll das, derjenige ist inzwischen wahrscheinlich einen Kilometer weit weg. Aber da tritt jemand aus dem Gebüsch hervor, und dieser Jemand ist ein Kind. Ein Mädchen.

Auf den ersten Blick schätze ich sie auf etwa zwölf, es ist schwer zu sagen, denn sie sieht abgerissen und schmutzig aus, ihr schwarzes Haar ist um den Kopf zerzaust und verfilzt. Aus dem, was sie sich um den Körper geschlungen hat, eine abenteuerliche Konstruktion, treten dünne Arme und Beine hervor, die Füße hat sie mit Stoff umwickelt. Sie ist in erbärmlicher Verfassung. Für einen Moment denke ich, es könnte auch ein Junge sein, aber selbst wenn es keine körperlichen Merkmale gibt, die diese Frage entscheiden könnten, so sind ihre Gesichtszüge doch feminin, mit großen, leicht schräg stehenden Augen und vollen Lippen. Es ist keine Eingeborene, sie sieht südamerikanisch aus.

»Verstehst du mich?«, frage ich.

Sie antwortet nicht.

Mein Spanisch ist lausig, aber Rodríguez sei Dank, mit dem ich die letzten Wochen viel zusammengehockt habe, kann ich mich leidlich verständigen.

»¿Verstehst du mich jetzt?«

Sie nickt.

»Komm ruhig her, ich tu dir nichts. Komm ans Feuer, hab keine Angst.«

Sie folgt meiner Anweisung, und zu meiner Überraschung scheint sich ihre Scheu sofort aufzulösen. Sie kommt näher und starrt mich an.

»Ist jemand bei dir?«, frage ich. »Bist du allein?«

»Ja«, sagt sie. »Allein.«

Noch kann ich verstehen, was sie sagt, aber sie spricht undeutlich und offenbar einen spanischen Dialekt, der sich mit meinen noch ungefestigten Kenntnissen nicht gut verträgt. Ich bitte sie, langsamer zu sprechen und deutlich, als sie anfängt zu erzählen. Doch zunächst schielt sie immer wieder auf die Sachen, die ich bei mir habe, besonders auf die Büchse mit dem Fleisch und die anderen Konserven.

»Du hast bestimmt Hunger«, ist mein kluger Schluss. »Möchtest du etwas essen?«

Ich schneide ihr Scheiben von dem Fleisch ab, und sie verschlingt es gierig. Sitzt auf dem Aststück, das ich herbeigeschleppt habe, und kaut unbeherrscht.

Eine Schönheit ist sie nicht, hinter ihrem großen Mund verbergen sich ebenso große, etwas schiefe Zähne.

»Wie heißt du?«, frage ich.

Sie schaut ins Feuer, als müsse sie darüber erst nachdenken. Und das tut sie tatsächlich, weil sie ihren Namen seit vier Jahren nicht mehr benutzt hat. Erst später wird mir das klar werden.

»Roxana.«

Unser Gespräch ist mühsam und zieht sich lange hin, immer wieder unterbrochen von Fragen und Nachfragen, besonders dann, wenn mein Spanisch mich verlässt. Manches begreife ich überhaupt nicht. Sie fragt offenbar nach Leuten aus ihrem Heimatort und ist zunächst der festen Ansicht, dass ich diesen und die Menschen, die dort leben, kennen müsse. Ihre Welt ist noch sehr klein. Ich versuche mir klarzumachen, dass ihre Kenntnisse der Welt vermutlich schon vor mehreren Jahren eingefroren sind. Und sie macht nicht den Eindruck, als hätte sie vorher eine nennenswerte Schulbildung gehabt. Ich spreche mit einer etwa Zwölfjährigen, die ihrem Verstand nach noch ein Kind von sechs oder sieben ist.

»Und du bist die ganze Zeit allein hier gewesen¿«

Ich verstehe so viel, dass sie vor einigen Jahren mit ihren Eltern hier abgestürzt ist. Sie waren zu dritt mit einem Flugzeug unterwegs, anscheinend in einer kleinen, einmotorigen Maschine, die hier irgendwo über den Wäldern heruntergegangen ist. Und sie hat als Einzige überlebt.

Tío. Tío heißt Onkel. Sie fragt nach ihrem Onkel. Es dauert eine Zeit, bis ich ihr verständlich machen kann, dass ich nicht das Geringste von ihren Angehörigen weiß. Offenbar hat sie nie die Hoffnung aufgegeben, dass man sie sucht. Und ich frage mich, warum sie nicht gefunden wurde.

Vieles wird in diesem ersten Gespräch noch nicht klar. Es ist ein einziges Herantasten und Herumeiern zwischen Bruchstücken von Information. Es ist ein Puzzle, das ich erst zusammensetzen muss.

Sie will wissen, wie ich hergekommen bin, und ich erzähle ihr von meinem glorreichen Aussteigertrip in die Südsee, wie ich dann an Bord der *Con Dios* geriet und mich großartig fühlte, weil all meine Träume vom »konsequenten« Aussteigertum in Erfüllung zu gehen schienen. Ich war »Matrose« auf einem alten Kahn, auf dem Weg zu einem chilenischen Hafen, mit falschen Dokumenten und Passierscheinen, mit einem Bein ein Krimineller. Bei Stürmen betete ich und heulte wie ein Schuljunge und wollte bloß wieder heim, und wenn sie vorüber waren, fühlte ich mich heldenhaft und glaubte, ein gestandener Seebär zu sein. Rodríguez lachte über mich und zog mich auf. Man kann mit über vierzig noch ein dummer Junge sein, und das war ich. Wenn Rodríguez nicht gewesen wäre, hätte ich gar nichts geschafft. Wie stark er war, und wie er arbeiten konnte! Gewusst habe ich es wohl immer, vermutlich zunächst verdrängt, aber er hat die halbe Arbeit für mich mitgemacht. Unter anderen Umständen, unter anderen Leuten hätte man mich wahrscheinlich als untauglich über Bord geschmissen.

Das alles sage ich ihr natürlich nicht, sondern nur so viel, wie sie verstehen – und ich überhaupt ausdrücken – kann. Als ich den Namen Rodríguez erwähne, horcht sie auf.

»Rodríguez?«

Sie scheint einen Rodríguez zu kennen, und ich muss versuchen, ihr zu erklären, dass es nicht derselbe sein kann, den ich meine.

»Wo wohnst du?«, frage ich sie. »Gibt es einen Platz, wo du wohnst?«

Sie zeigt ins Gebüsch, die Küste hinauf, sagt etwas, was ich zunächst nicht verstehe. Sagt sie »cueva«? Heißt das nicht Höhle? Sie bejaht meine pantomimischen Darstellungen.

»Hast du Wasser in deiner Höhle?«, frage ich.

Nein, hat sie nicht.

»Ich gehe zum Bach, Wasser holen, und dann werden wir uns deine Höhle ansehen.«

»Zum Bach? Warum?«

»Wasser holen.«

»Hast du Durst?«

»Natürlich. Waschen will ich mich nicht. Das hättest du allerdings nötig. Aber ich will bloß trinken.«

Sie lacht, zum ersten Mal. »Da brauchst du doch nicht zum Bach zu gehen«, sagt sie. »Du hast doch hier Wasser genug.« Sie zeigt aufs Meer.

»Meerwasser?« Vielleicht, denke ich, ist ihr Verstand doch etwas verwirrt, und sie hat nur auf Anhieb diesen erstaunlich vernünftigen Eindruck gemacht. Gemessen an ihrem Schicksal, das ich im Detail erst noch erfahren werde.

»Das kann man nicht trinken.«

Sie lacht wieder. Hält sie es für ein Spiel?

»Geh und versuch es«, sagt sie. »Wetten, du kannst es trinken?«

Sie ist aufgesprungen und zum Strand gelaufen, und ich folge ihr.

Eine Ahnung beschleicht mich, und als ich mich niederhocke und mit einer Hand etwas von dem Wasser aus den auslaufenden Wellen schöpfe und es in den Mund nehme, ist es kein bisschen salzig.

Es ist Süßwasser.

Und plötzlich sehe ich etwas vor mir. Das Bild von Kindern, die an diesem Ufer standen, und eines Hundes, der ins Wasser lief und trank.

*»Aber der Hund lief weiter und schnupperte in dem feuchten Sand. Dann sprang er mit einem Satz in die kleinen Wellen der Brandung und begann gierig zu trinken.*

*›Er trinkt! … Er trinkt …‹, rief Doniphan, hatte in Sekunden den Sandstreifen überquert und schöpfte ein wenig von dem Wasser …«*

»Mein Gott!«, sage ich. »Das kann doch nicht sein. Es … es war doch nur ein Buch. Eine erfundene Geschichte.«

Aber es stimmt alles. Jetzt weiß ich, warum mir schon die Bucht bekannt vorkam. Die Bucht, die Klippen, das Kap. Der Wasserlauf, der hinauf zu diesem See führt, einer seiner Abflüsse ist.

Roxana steht da und blickt mich an, ohne auf mein Gemurmel einzugehen.

»Und?«, fragt sie. »Ist das Wasser genug?«

Woran ich merke, dass sie kein bisschen dumm ist und überhaupt nicht verrückt.

Auch die Höhle ist tatsächlich immer noch da. So wie alles, was ich für Fiktion gehalten habe. An einem Steilhang am See ist der Eingang, fast völlig überwuchert und offenbar nur wegen Roxanas Ein und Aus überhaupt erkennbar.

»Wie … wie hast du diese Höhle gefunden?«

Sie zuckt mit den Schultern und sagt ein Wort, das ich als »Zufall« deute.

Hinter dem Eingang tut sich ein gewölbter Hohlraum

auf, in dem das Mädchen sich eingerichtet hat. Durchgänge führen zu größeren Teilen dieses kleinen Höhlensystems, aber sie sind ungenutzt. Hier drinnen ist es trocken und nicht einmal kalt.

Was ich im einfallenden Licht sehe, ist das armselige Lager eines völlig mittellosen Kindes, dem es zu meiner allergrößten Überraschung gelungen ist, hier womöglich mehrere Jahre allein zu überleben. Ein Lager aus trockenem Gras, ein Haufen Kleidungsstücke, einige Gegenstände, die als Werkzeuge dienen, das ist so gut wie alles. Eine große, zerlumpte Puppe liegt auf dem Lager. Bei näherem Hinsehen erweisen sich ein paar von den Gegenständen als metallene Deckel von Behältern, welche die Funktion von Tellern oder Schüsseln übernommen haben.

Alles, was sie besitzt, hat sie offenbar aus dem Flugzeugwrack. Aus den Koffern hat sie die Kleider genommen, und auch Dinge wie Messer und Töpfe müssen mit an Bord gewesen sein. Sie hat alles hierhergebracht, im Laufe der Zeit.

Die meisten Kleidungsstücke waren ihr zu groß, sie hat sie sich zurechtgeknotet und mittlerweile wohl alle getragen, denn alle sind schmutzig, viele vollkommen verdreckt. Das ganze Kind ist verdreckt. Ganz offensichtlich hat sie irgendwann die Körperwäsche fast völlig aufgegeben – wenn sie so etwas überhaupt je betrieben hat. Überall da, wo Haut sichtbar ist, hat sich der Dreck eingefressen. Sie stinkt zum Gotterbarmen, es ist kaum auszuhalten. Ich verspüre einen unbändigen Drang, sie zu waschen, sie in den See zu stecken und abzuschrubben und dann zu versuchen, ihr verfilztes Haar wieder in Ordnung zu bringen. Obwohl ich mir nicht vorstellen kann, wie das gehen soll.

Zum Feuermachen fehlten ihr anscheinend die Mittel. Mein Feuer am Seeufer war das erste, das sie seit Jahren gesehen hat.

Wovon hat sie sich bloß ernährt?

All das klärt sich, in den folgenden Tagen. Zunächst ist es wichtig, einen groben Plan aufzustellen, wie es weitergehen soll. Ich denke überhaupt nicht an die Option, sie alleine hier zurückzulassen. Ebenso wenig kommt mir die Möglichkeit in den Sinn, dass sie gar nicht von hier fortgehen will und mich nur als Besucher betrachtet. Von jetzt an sind unsere Schicksale miteinander verbunden. Aber wie? Soll ich zu ihr in die Höhle ziehen? Dann aber sicher nicht für lange. Soll ich sie mitnehmen zur Bucht? Dort haben wir kein Dach über dem Kopf. Oder sollen wir gleich gemeinsam aufbrechen, ins Landesinnere?

Bloß, wohin?

»Bist du auf der anderen Seite des Sees gewesen? Und ist dort auch wieder das Meer?«

Wie sich herausstellt, hat sie fast die ganze Insel erforscht. Und weiß folglich, dass es sich ganz sicher um eine solche handelt.

»Hast du irgendwo Land gesehen?«

Die Antwort ist Nein.

Ich betrachte das Mädchen, das mich mit seinen großen Augen ansieht. Sie ist das erstaunlichste Phänomen, das mir je begegnet ist. Sie hat mit acht Jahren fast das Größtmögliche an Schrecken erlebt, was sich denken lässt. Ist mit einem Flugzeug abgestürzt und hat dabei ihre Eltern verloren. Ist aus einem zerdrückten Wrack geklettert und hat eine einsame Insel am Ende der Welt betreten. War ganz auf sich selbst gestellt. Und hat hier überlebt. Hat sich von Muscheln ernährt, von Vogeleiern und einigen Pflanzen, die sich als essbar herausstellten. Unter anderem von einer hoch aufschießenden Pflanze mit ledrigen Blättern, deren Stiele dem Rhabarber ähneln, aber süßlich schmecken. Und sie hat gelernt, Fische zu fangen.

Was würden Schiffbrüchige oder andersartig Gestrandete bloß tun, wenn es auf der Welt keine Fische gäbe?

Die einseitige und sicher oft ungenügende Ernährung hat allerdings ihre Spuren hinterlassen. Das arme Ding ist dünn, überall treten die Knochen hervor. Sie fällt über meine Fleischvorräte her, dass mir angst und bange wird.

Und bei alldem ist ihr Verstand offenbar unbeschadet geblieben. Die Ängste, die sie ausgestanden haben muss, der Schmerz, die Trauer, das Alleinsein …

Mit der Seele ist es natürlich etwas anderes. Ich wage mir nicht auszumalen, welche Spuren das alles dort hinterlassen haben mag. Kein Gesprächspartner, niemand, dem man seine Nöte anvertrauen kann. Niemand, der einem hilft. Niemand, der einen tröstet.

Am folgenden Tag gehe ich zunächst hinunter in die Bucht, um alles zu holen, was ich dort zurückgelassen habe. Dass unsere Schicksale von nun an verknüpft sind, merke ich allein daran, dass Roxana mich ganz selbstverständlich begleitet. Und wie viel besser und geschickter sie sich hier in den Wäldern zurechtfindet!

Was ich in der Bucht sehe, lässt mir das Blut in den Adern gefrieren. Vielmehr, was ich nicht sehe. Das Boot ist nicht mehr da. Ich glaubte es vor meinem Aufbruch weit genug an Land gezogen und gesichert zu haben, aber das ist nur ein weiterer Beweis meiner grenzenlosen Unerfahrenheit und Naivität.

Bald sehe ich am Ufer Trümmer, gerade als ich die Möglichkeit erwäge, jemand könne sich des Bootes bemächtigt haben. Ganz offensichtlich ist die Nussschale, leck, wie sie war, an den Riffen zerschellt. Wir raffen zusammen, was ich sonst noch zurückgelassen hatte, und machen uns auf den Rückweg zur Höhle.

Hier haben wir nun alles, was unsere beiden Schicksale hergeben.

Roxana stellt mir viele Fragen, aber die wenigsten davon kann ich beantworten. Umso mehr höre ich ihren Erzählungen zu, darüber, wie sie die letzten Jahre hier verbracht hat. Im Sommer ist es anscheinend ganz angenehm, aber die Winter sind hart, mit viel Schnee und Eis und sehr niedrigen Temperaturen. Wie sie das überlebt hat, frage ich mich, und ich frage es sie, und sie erzählt mir davon, wie sie Löcher ins Eis gehackt hat, um Fische zu fangen. Wie sie Baumrinde gegessen und die Wurzeln junger Bäume ausgegraben und Larven und Engerlinge aus der Erde darunter hervorgeholt hat.

Aber woher hat sie gewusst, dass sie das tun kann? Hat sie in ihrer Heimat in so großer Armut gelebt, dass ihr diese Praktiken geläufig waren? Ich weiß, das Essen von Würmern und Larven ist in weiten Teilen der Welt eine Selbstverständlichkeit und gilt bloß in unserem Kulturkreis als eklig. Erstaunlich, was in der Natur alles essbar ist – man muss nur dazu bereit sein.

Es ist März, was dem September auf der Nordhalbkugel entspricht, und bis zum Winter haben wir noch etwas Zeit. Doch die Vorstellung, solche Nahrungsquellen vielleicht bald selbst in Betracht ziehen zu müssen, lässt mich erschauern.

Zunächst würde ich gerne tun, was mir von Anfang an vorschwebte: Roxana wieder in einen leidlich zivilisierten Zustand versetzen. Sie sieht aus wie ein Wolfskind aus dem Bilderbuch. Doch das mit dem Abschrubben ist nicht so einfach. Sie ist kein kleines Mädchen mehr. Geistig wohl. Aber nicht körperlich. Ich habe an ihr und an ihrer Kleidung die Spuren von Menstruation gesehen. Etwas, was offenbar gerade erst begonnen hat. Und ich kann den Gedanken nicht verhindern: Ausgerechnet jetzt muss das losgehen. Gerade jetzt muss sie anfangen, sich in einen Schmetterling zu verwandeln.

»Ich habe geblutet«, erklärt sie mir, als ich ihre Kleidung näher in Augenschein nehme, um zu entscheiden, was noch brauchbar ist.

»Du brauchst dir deswegen keine Sorgen zu machen«, sage ich. »Es ist nichts Schlimmes.«

»Ich weiß, was es bedeutet«, sagt sie. »Alle Frauen bekommen es, irgendwann. Farina hat es auch bekommen.«

Ich begreife, dass das ihre Cousine ist, die Tochter ihres Onkels.

Ich bringe sie dazu, sich gründlich im See zu waschen. Eine vollständige Verwandlung ergibt das in Ermangelung von Seife nicht, aber es ist doch erstaunlich, was unter dem gröbsten Schmutz zutage tritt. Ich bin im Besitz eines Kammes, und sie lässt mich geduldig ihr Haar bearbeiten. Was eine stunden- und letztlich tagelange Tortur ist, gerade weil ich mit so viel Vorsicht vorgehen muss, damit sie ihre Bereitschaft nicht irgendwann verweigert. Ich bin gezwungen, mit dem Messer ein Stück abzutrennen, und gerate mehrmals in Versuchung, noch entschieden mehr zu kürzen, doch schließlich gelingt es mir unter Herauskämmen einer Unmenge von Haaren, alles in eine halbwegs ansprechende Form zu bringen. Das abgetrennte Stück ist zu verschmerzen. Ohne diesen Eingriff hätte ihr das Haar mittlerweile bis zum Po gereicht.

Vielleicht ist sie keine ausgesprochene Schönheit, aber nun sieht sie so viel besser aus als zuvor, dass es kaum zu fassen ist, und ich kann mir vorstellen, dass eines Tages eine hübsche junge Frau aus ihr werden könnte.

Nein, ich werde sie niemals begehren in den kommenden Wochen, auch wenn sie sinnliche Lippen hat und anfängt, sich zu verändern. Für mich ist sie das, als was sie immer noch erscheint, egal, was in ihrem Körper bereits vorgeht: ein kleines Mädchen. Ein kleines Mädchen, das ich beschützen und dem ich helfen möchte. Auf das ich in Wahrheit aber auf dieser Insel mehr angewiesen sein werde als umgekehrt.

Wir haben uns in der Höhle eingerichtet. Noch mehrmals bin ich – sind wir – hinunter zur Bucht gegangen, aber dort ließ nichts erkennen, dass jemand auf der Suche nach Überlebenden der *Con Dios* gelandet wäre. Warum auch ausgerechnet in dieser Bucht ausharren, wenn die Retter ebenso gut in jeder anderen eintreffen mochten?

Aber ich glaube nicht mehr, dass uns überhaupt jemand sucht.

Roxana führt mich zum Wrack des Flugzeugs. Es liegt im Wald, zwischen den Bäumen eingekeilt, kaum drei Steinwürfe von der Höhle entfernt. Deshalb hat sie den Eingang damals schnell finden können.

Das Wrack besteht nur noch aus verstreuten Trümmern. Das Cockpit ist eingebrochen, muss aber anfangs noch fast intakt gewesen sein, denn Roxana erzählt, dass sie sich eine Zeit lang immer hierher zurückgezogen hat, um sich vor Regen und nächtlicher Kälte zu schützen. Was mit den Leichen ihrer Eltern geschehen ist, ob sie herausgeschleudert wurden oder ob sie sie eigenhändig herausziehen musste, wage ich nicht zu fragen. Es ist keine Spur davon zu sehen. Aber Roxana führt mich anschließend zu einer Stelle, an der Erde aufgehäuft ist. Offenbar ein Grab. Mich schaudert es. Hat dieses Kind hier seine Eltern beerdigt?

Ich erfahre so viel, dass ihr Vater selbst der Pilot war. Dass es keine weiteren Passagiere gab. Und dass er derjenige ist, der hier begraben liegt.

Roxana legt mit ihren kleinen Händen Blumen auf die

mit Gras überwucherte Stelle, und ich muss mich zusammennehmen, um nicht in Tränen auszubrechen.

Wo ihre Mutter geblieben ist, diese Frage lasse ich zunächst unberührt.

Im Wrack gibt es nichts Brauchbares mehr. Es sei denn Teile des Flugzeugs, die man für irgendeine Konstruktion gebrauchen könnte. Vielleicht fällt mir später etwas ein.

Während die Tage vergehen, werden wir zwangsweise miteinander vertraut. Das Feuer hat wieder in Roxanas Leben Einzug gehalten, und es gibt neuerdings gerösteten und gebackenen Fisch. Nach und nach erzählen wir uns die Bruchstücke unserer Vergangenheit, die der andere jeweils zu einem Bild zusammensetzen muss. Roxana lacht über mein Spanisch, wenn ich Fehler mache, über manche Schnitzer kann sie sich köstlich amüsieren. Ich tue empört, aber freue mich jedes Mal, wenn sie Spaß hat und lacht.

Sie hört mit großer Faszination meine Schilderungen aus einer weit entfernten Realität, und ich spreche zu ihr wie zu einem Kind, das gerade erst eine Vorstellung von der Welt entwickelt. Europa ist für sie etwas unvorstellbar Fernes. Sie hat nicht mal eine konkrete Vorstellung ihres eigenen Kontinents, außer Chile sind ihr nur Argentinien und Brasilien ein Begriff. Ehe ich mich's versehe, werde ich zu ihrem Lehrer in vielen Dingen, male Länder und Küsten und Kontinente in den lehmigen Boden der Höhle oder in den Ufersand am See. Wo ich geboren wurde und wie ich aufgewachsen bin, dass ich studiert habe und in welchen Berufen ich mich versuchte, sind für sie Geschichten wie aus Büchern oder Filmen. Und genauso erfahre ich etwas über ihre Welt. Ihr Leben in Osomo und ihre Eltern. Über den Flug nach Punta Arenas, wo ihr Onkel lebte und arbeitete.

Sie war nicht arm. Ihr Vater war Pilot bei einer chilenischen Frachtgesellschaft, ihre Mutter arbeitete in einem kleinen Laden, in ihrem Heimatort. Erst mit der Zeit erfahre ich, dass sie nicht sprechen konnte und von Geburt an stumm gewesen ist.

Nie wird Roxana traurig, wenn sie von ihrer Familie erzählt. Auch das ist erstaunlich. Ich komme nicht recht dahinter, woher dieses Mädchen seine Kraft nimmt und warum es so ist, wie es ist.

Ich erkunde die Umgebung der Höhle und finde Spuren menschlicher Eingriffe. Hier wurde offenbar gerodet, ein Weg von der Küste zum See gebahnt, der früher vielleicht eine primitive Straße war, jetzt aber nur noch eine halb überwucherte Schneise ist. Roxana weiß, dass es im Norden der Insel eine verlassene Siedlung gibt. Lange verlassen. Die Reste von Häusern, meist nur noch Grundmauern. Also haben hier Menschen gesiedelt, haben versucht, heimisch zu werden. Auch die rostenden Container und der Bootssteg zeugen davon. Aber anscheinend befand man die Ausbeute an Gütern für zu gering und zu wenig gewinnbringend. Oder aber die langen, kalten Winter haben die Siedler wieder vertrieben. Oder beides. Roxana sagt, der See sei monatelang zugefroren. Und manchmal werde es so kalt, dass man es kaum aushalten könne. Also offenbar zweistellige Minusgrade.

Und sie hat nicht mal ein wärmendes Feuer gehabt.

Die Verbindung zur Außenwelt ist längst abgerissen. Von dieser Seite ist keine Hilfe zu erwarten. Doch wenn meine Erinnerung mich nicht trügt und wenn auch diese Angaben des Buches keine Fiktion sind, dann liegt diese Insel zwar fast an der Südspitze des Kontinents und somit bereits im Einflussgebiet der antarktischen Region, ist aber von anderen Inseln umgeben und dem Festland sehr nahe.

Eine Weile haben wir damit zu tun, die Kleidung zu waschen und zu entscheiden, was für uns noch brauchbar ist. Ich lege einen Holzvorrat an, und Roxana bringt mir das Fischen bei. So vergehen die Tage, es wird April, und während ich noch darüber nachdenke, wie wir diese Insel schnellstmöglich verlassen können – der Bau eines Floßes spukt mir durch den Kopf –, bricht erste Kälte herein, und Stürme beginnen über diesen Teil der Welt zu fegen. Die Stürme der Tagundnachtgleiche, die ich als Kind nur zwischen Buchdeckeln hervorzauberte, kann ich jetzt am eigenen Leib erleben.

Und sie jagen mir gehörigen Respekt ein.

Mir wird klar, dass wir hier überwintern müssen. Dass wir dazu Vorräte brauchen. Und Holz. Holz in rauen Mengen.

Manchmal erscheinen Flugzeuge am Himmel, jedoch nur selten, und alle fliegen zu hoch. Eines immerhin so tief, dass ich für möglich halte, sie könnten uns sehen. Aber es fliegt weiter, und nichts passiert.

»Hast du in der ganzen Zeit viele Flugzeuge gesehen?«

»Ja, manchmal.«

»Und keins hat dich gesehen?« Eine dumme Frage.

»Ich habe Teile des Flugzeugs aus dem Wald hierhergeschleppt und ans Ufer des Sees gelegt, damit sie es sehen. Aber es hat nichts genützt.«

»Wann hast du das gemacht?«

»Schon vor langer Zeit. Es hat nicht geholfen, und Stürme haben die Teile in den See geweht.«

Jeden Tag sammele ich stundenlang Holz, aber die Wege in den Wald werden immer länger. Aufwand und Ergebnis stehen in keinem Verhältnis. Jeden Tag fluche ich stundenlang darüber, dass wir keine Axt und überhaupt kein ordentliches Werkzeug haben. Schließlich habe ich einen Vorrat in den angrenzenden Hohlraum gebracht, der uns für einige Wochen versorgen, aber nie und nimmer über den Winter bringen wird. Auch die übrigen Konserven sind ein Notvorrat, mehr nicht. Sie können uns immer dann helfen, wenn wir nichts anderes haben. Wir haben Wurzeln ausgegraben, Früchte und Nüsse gesammelt, doch ich wünschte, alles wäre zehnmal so viel – und irgendwie haltbar zu machen.

Die Pistole von Rodríguez habe ich behalten, ich trage sie immer bei mir. Aber wir haben nur wenige Schuss Munition. Auch das kann uns in besonderen Notzeiten helfen, wenn es mir denn gelingt, irgendetwas damit zu jagen. Im Stillen sehe ich die Waffe aber eher als Mittel, uns bei Bedarf zu verteidigen.

Alles in allem erscheint mir unsere Lage wenig hoffnungsvoll, spätestens als bereits Mitte April alles in Schnee und Kälte versinkt. Die Witterung verbannt uns zwangsläufig die meiste Zeit in die Höhle. Das gibt uns Zeit für Gespräche, Zeit, uns miteinander anzufreunden. Aber es gibt uns auch viel zu viel Zeit. Die langsam dahinziehenden Stunden ohne rechte Beschäftigung sind bedrückend. Es gibt nichts zu lesen, nichts zu tun. Man fühlt sich in der Höhle wie eingesperrt.

Roxana geht besser mit diesen Dingen um. Sie sitzt oft nur da, starrt ins Feuer und scheint in Gedanken zu versinken. Manchmal habe ich das Gefühl, sie verfällt fast in eine Art Trance. Sie wirkt entrückt, und tatsächlich hat sie manchmal lange die Augen geschlossen, ohne dass ihr Atem hörbar und das schwerere Atmen erkennbar würde wie bei einem Schlafenden. Sie sitzt im Gegenteil fast regungslos.

Mich treibt es immer öfter auch bei widrigen Wetterverhältnissen hinaus. Ich ziehe umher, erkunde die Umgebung, folge dem Ufer des Sees, wo es möglich ist. Anfangs habe ich nicht darüber nachgedacht, doch kam mir bald der Gedanke, dass dies keine Vater-Tochter-Idylle werden und nicht immer eitel Sonnenschein herrschen mochte. In der Tat gab es bereits unschöne Situationen. Wenn ich das Mädchen ungeduldig angefahren habe, bei irgendeiner Tätigkeit. Oder wenn sie einem Vorschlag oder Plan nicht gefolgt ist und trotzig ihren eigenen Willen bekundet hat.

Große Konflikte aber sind nicht entstanden, und darüber bin ich eher verwundert als über die Tatsache, dass es überhaupt Konfliktsituationen gibt. Wir kommen gut miteinander aus, anscheinend haben wir beide die Fähigkeit, uns aufeinander einzustellen. Aber warum zieht sie sich in letzter Zeit so zurück? Sie ist immer stiller geworden und wirkt manchmal fast apathisch.

Natürlich mache ich mir darüber Sorgen.

Meine Strategie, alleine hinauszugehen, ist dem friedlichen Zusammenleben offenbar förderlich. Doch als ich an einem besonders kalten Tag zurückkomme, ist das Feuer heruntergebrannt und Roxana verschwunden.

Ich mache mir zunächst keine Gedanken. Aber als etwa zwei Stunden vergangen sind und immer noch nichts von ihr zu sehen ist, fange ich an, nach ihr zu suchen. Da draußen im frischen Schnee keine Spuren sind, muss sie irgendwo hinten in der Höhle sein, in den angrenzenden Hohlräumen.

Und dort finde ich sie, erst nach einer ganzen Weile, weit hinten, im Nebengang der hintersten Höhlenkammer. Da liegt sie, am Boden, scheinbar schlafend.

Als ich niederknie und sie im Schein meines kaum noch brennenden Astes begutachte, blickt sie mich schläfrig an.

»Was machst du denn hier?«, frage ich.

»Mir war kalt«, sagt sie. »Ich bin hierhingegangen. Wo ich früher immer hingegangen bin, wenn mir kalt war.«

Sie hat recht, hier ist es relativ warm, und als ich mich mit einer Hand am Boden abstütze, ist es dort sogar beinahe heiß. Roxana liegt an dieser Stelle im Fels wie auf einer Herdplatte.

Irgendwo hier unter uns muss es eine heiße Quelle geben. Eine andere Erklärung kann ich nicht finden. Und je länger ich darüber nachdenke, desto weniger verwunderlich ist diese Tatsache. Immerhin befinden wir uns mitten auf dem Pazifikring vulkanischer Aktivität, auf oder in der Nähe einer tektonischen Spalte.

»Gibt es hier Erdbeben?«, frage ich sie, später, als sie zurück am Feuer ist.

»Manchmal, ja.«

Woraus ich schließe, dass es sich eher um kleinere Erschütterungen handelt, die nicht erwähnenswert sind.

Einige Tage lasse ich meine Gedanken noch kreisen, kämpfe mit den Eindrücken, die ich sammeln konnte, seit ich das Mädchen getroffen habe. Und die sich immer mehr zu einem Bild zusammenfügen. Und meinen Gedanken eine bestimmte Richtung gegeben haben.

Wie hat sie hier überleben können, vier Jahre lang, nach ihren Schilderungen? Einen Eindruck davon habe ich vor wenigen Tagen bekommen. Aber er wirft nur weitere Fragen auf. Woher hat sie ihre Fertigkeiten, ihr Wissen um die Überlebensstrategien, die sie vor dem Tod bewahrt haben? Woher weiß sie so viel?

»Wie hast du es geschafft, hier so lange zu überleben?«

Sie blickt mich an. Ihre Augen glänzen, machen einen etwas glasigen Eindruck. Es ist Abend. Draußen fällt neuer Schnee. Zwei Stunden lang hat sie fast regungslos dagesessen.

»Was meinst du?«, fragt sie.

»Ich meine, dass es sehr erstaunlich ist, dass ein kleines Mädchen ... – am Anfang, verstehst du, da warst du ja noch klein –, wie ein Mädchen das alles ganz allein schaffen konnte. Du hast monatelange Winter überstanden, ohne zu verhungern oder zu erfrieren. Und du scheinst auch vor diesem keine besondere Angst zu haben.«

»Wenn es sehr kalt war, dann habe ich an der warmen Stelle geschlafen. Und manchmal bin ich hinausgegangen und habe Fische gefangen. Oder das gegessen, was noch da war.«

»Ja, ich weiß. Aber das ist nicht alles. Dieser Zustand, in den du da manchmal … verfällst …«

Ich muss meine Wortwahl einfach halten, um sie nicht zu überfordern. Und meine Sprachkenntnisse auch nicht. Die zwar in den vergangenen Wochen zwangsläufig um einiges besser geworden sind, aber noch weit von Perfektion entfernt.

»Das, was du da tust … dieser Schlaf. Es sieht wirklich aus, als wolltest du in einen *Winterschlaf* verfallen.«

Ich lächele demonstrativ, um die Situation zu entspannen, doch sie antwortet mir ganz ernst.

»Ich habe so geschlafen, damit der Winter vorübergeht. Ich habe immer viele Tage so geschlafen, und dann habe ich getrunken und gegessen. Wenn es sehr kalt war, bin ich zur warmen Stelle gegangen.«

Reduktion der Körperfunktionen. Ein Absenken von Puls und Herzfrequenz. Wie es manche Tiere tun. Und auch manche Asketen und Weisen in Asien, die fähig sind, wochenlang regungslos zu sitzen oder zu stehen. Ich habe oft davon gehört und es nie glauben können.

»Wie hast du die warme Stelle gefunden?«

Sie zögert mit der Antwort.

»Ich habe sie gesucht.«

»Aber woher wusstest du, dass sie da war?«

Sie starrt ins Feuer, antwortet nicht.

»Und wie hast du gelernt, diesen Winterschlaf zu halten?«

Wir sitzen nebeneinander, und ich greife nach einer ihrer Hände und nehme sie in meine.

»Roxana, du kannst das unmöglich alles allein geschafft … und gelernt haben. Es muss jemanden gegeben haben, der es dir gesagt oder gezeigt hat. Du … du warst nicht ganz allein, stimmt's? Wer war bei dir?«

Sie blickt mich an, mit ihren großen dunklen, glänzenden Augen.

»Wer war es, Roxana? Dein Vater?«

Sie schüttelt sacht den Kopf.

»Deine Mutter?«

Sie starrt ins Feuer und sagt nichts.

»Sie hat noch gelebt, nicht wahr?«

»Ja.«

Ich nehme ihre kleine Hand fester, aber sie sitzt ganz still da, ganz ruhig, ganz unbewegt. Mein Gott, denke ich. Lieber, lieber Gott, was hat dieses Kind durchmachen müssen.

»War sie verletzt?«

Sie nickt.

»Wie lange hat sie noch gelebt?«

»Nicht lange. Nur ein paar Tage.«

»Dein Vater war tot. Aber sie hatte den Absturz überlebt.«

»Ja.«

»War sie bei Bewusstsein?«

Nicken.

»Dann hat sie dir also gesagt, was du tun sollst. Hat dir all diese Dinge gesagt. Damit du überlebst.«

Roxana wendet den Kopf und sieht mich an.

»Nein«, sagt sie. »Sie … sie konnte doch nicht sprechen. Und nicht mal ihre Hände benutzen. Weil sie verletzt war. Sie war sehr schwer verletzt.«

Vielleicht ist es nicht nötig, aber spätestens jetzt verspüre ich den dringenden Impuls, sie zu mir heranzurücken und in den Arm zu nehmen. Während es in meinem Kopf gärt. Natürlich, ihre Mutter war ja stumm. Sie konnte nicht sprechen. Konnte ihrer Tochter überhaupt nichts sagen. Konnte offenbar nicht einmal Zeichen benutzen, um ihr irgendetwas verständlich zu machen. War vielleicht auf Roxanas Äußerungen angewiesen, um sie dann zu bejahen oder zu verneinen, je nachdem. Sehr viel konnte sie ihr auf diese Art nicht verständlich gemacht haben.

»Es ist bestimmt nicht schön, sich daran erinnern zu müssen, aber vielleicht kannst du's mir erklären. Ich möchte es gern verstehen. Wie hat sie es dir sagen können?«

»Sie hat es mir in den Träumen gesagt.«

»In den Träumen?«

»Ja.«

»Was für Träume?«

»Ich habe manchmal von ihr geträumt. Im Traum war sie da und hat mir gesagt, was ich tun soll. Im Traum konnte sie sprechen. Konnte mir alles sagen.«

»Du meinst … als sie schon tot war?«

»Ja.«

Ich sitze da und erschauere.

»Du meinst, sie hat dir im Traum gesagt, wo du Nahrung finden kannst … was du tun musst? Das Graben nach Wurzeln? Das Fischefangen und so?«

»Ja. Und sie hat mir gesagt, wie ich lerne zu schlafen. Wenn die Kälte kommt.«

»Und das mit dem Flugzeug – die Teile, die du hingelegt hast, ans Ufer. Hat sie dir das auch gesagt?«

»Ja«, sagt Roxana. Sie schlingt ihre Arme um meinen Hals und schmiegt sich an mich. Ich halte sie ganz fest und streiche ihr übers Haar.

»Und sie hat mir gesagt, ich soll warten und Geduld haben. Und …«

»Und was?«

»Und dass du eines Tages kommst.«

Anfang Mai wird es so kalt, dass nicht einmal mehr ein ständig loderndes Feuer uns warm halten kann. Roxana liegt an ihrer warmen Stelle und schläft. Schläft auf die Art, wie sie es gelernt hat. Während ich mich in diverse Schichten Kleidung hülle und fast ins Feuer krieche.

Es muss draußen kälter als minus fünfundzwanzig Grad sein. Tagsüber, wohlgemerkt. Nachts sinken die Temperaturen noch weiter.

Unsere Vorräte schrumpfen bereits bedenklich zusammen, Holz habe ich kaum noch. Und ich wage mir nicht auszumalen, wie es wird, wenn das Feuer herunterbrennt. Vielleicht kann die Kleine den Winter hier überleben. Aber nicht ich.

Und manchmal denke ich, sie vielleicht auch nicht. Es muss ein ungewöhnlich harter Winter sein, gemessen an ihren Schilderungen.

Bin ich deshalb hier?, frage ich mich. Bin ich hier, weil sie jetzt jemanden braucht?

Ich gehe zu der Stelle, wo die Reste des Wracks liegen. Gehe zu dem Erdhügel, der jetzt dick mit Schnee bedeckt ist. Das Grab von Roxanas Eltern. Hier hat sie zuerst ihren Vater und dann ihre Mutter begraben. Wenigstens deren Überreste. Es ist unglaublich, aber ich kann kaum daran zweifeln.

Ich weiß nicht, was ich glauben soll. Hier ist so vieles unglaublich, dass es nicht mehr darauf ankommt.

*Ich weiß nicht, wie du das gemacht hast. Wie du diesen Weg gefunden hast. Du konntest ihr nichts sagen. Nie im Leben hat sie deine Stimme gehört. Aber im Traum konntest du zu ihr sprechen. Wenn es das ist, was Liebe bewirken kann, dann ist sie wohl grenzenlos. Du wolltest, dass dein Kind lebt. Um jeden Preis. Dass es lebt und eines Tages nach Hause kommt. Ich werde es nach Hause bringen!*

Aus dem Wrack nehme ich zwei Stahlschienen mit und eine Abdeckung aus Aluminium. Ich konstruiere daraus einen Schlitten, um Brennholz transportieren zu können. Und lade ihn auf dem Rückweg gleich voll damit. Ich habe keine Ahnung, als wie nützlich er sich bald erweisen wird.

Die Kälte hält an. Draußen scheint die Welt einzufrieren. Den See bedeckt dickes Eis. Als ich versuche, ein Loch hineinzuschlagen, gelingt es mir nicht. Die Decke ist wie ein Panzer.

Ich betrachte unsere Vorräte, ein paar Nüsse und holzig gewordene Wurzeln. Die Notvorräte sind aufgebraucht. Und Fische kann ich nicht fangen. Dieser Winter wird noch mindestens vier Monate andauern, und ich weiß, dass wir das niemals schaffen werden. Jetzt ist ein Fortkommen unmöglich, aber wenn es Frühling wird, ist es längst zu spät.

Ich sitze am Feuer, die Waffe in der Hand, und denke an Filme, in denen Männer die letzten Kugeln in Reserve halten, für den Fall der Fälle. Für jeden eine.

Ist es das, was ich werde tun müssen?

Eines Morgens höre ich über das Eis hinweg ein merkwürdiges Geräusch. Erst ganz entfernt. Dann immer näher. Zuerst rede ich es mir aus, aber bald gibt es keinen Zweifel mehr.

Ich gehe hinüber zu Roxana, wecke sie mühsam, hole sie nach und nach zurück, in einen Halbschlafzustand, bis sie endlich versteht, was ich sie frage.

»Gibt es hier Wölfe? Du hast mir nie davon erzählt. Hast du es nur vergessen?«

Sie blinzelt mich träge an.

»Waren in den vergangenen Jahren jemals Wölfe hier?«

»Nein.«

»Hast du verstanden, was ich dich gefragt habe?«

»Ja. Ob es auf der Insel Wölfe gibt. Nein, Wölfe waren nie hier.«

Dann sind sie also übers Eis gekommen. Über die zugefrorene See. Und das ist alles, was ich wissen muss.

Ich packe zusammen, was wir brauchen, und mache daraus ein Bündel, das ich mir auf den Rücken binde. Ein improvisierter Rucksack. Ich stelle den Schlitten vor den Eingang und lege Kleidung und Decken zurecht. Dann hole ich Roxana.

»Komm, Kleine.« Ich hebe sie behutsam auf. Sie erwacht kaum aus ihrer Trance. »Du kannst weiterschlafen. Aber jetzt heißt es auf Wiedersehen, Höhle. Und auf Wiedersehen, Chairman-Insel!«

Ich lege sie auf den Schlitten, hülle sie dick ein in Jacken und Decken, binde sie fest. Und dann geht es mit dem ersten Tageslicht hinaus auf den See, übers Eis.

Ich brauche den ganzen Tag, um über den See hinaus und dann bergab bis zur Ostküste der Insel vorzustoßen. Als ich mich ihr nähere, merke ich, dass uns die Wölfe folgen. Ich ziehe den Schlitten hinaus auf die endlos erscheinende Eisfläche des Meeres. Eigentlich hatte ich eine Pause einlegen wollen, doch dazu bleibt jetzt keine Zeit mehr. Es ist bereits dunkel.

Das Gehen in der entsetzlichen Kälte fällt schwer. Schnell spüre ich, wie Schwäche in meine Glieder fährt. Meine Lungen pumpen, ich keuche bei jedem Atemzug. Ich weiß, ich muss durchhalten, so lange gehen, bis wir das Festland erreichen. Und darüber hinaus, so lange, bis wir in bewohntes Gebiet kommen.

Ich warte, bis die Wölfe ganz nah sind, ein kleines Rudel, das versucht, uns einzukreisen. Als ich aus Rodríguez' Waffe feuere, sind die Schüsse ohrenbetäubend laut und hallen weit übers Eis. Und werden von irgendwo zurückgeworfen.

Endlich kann ich trinken, mich einen Moment ausruhen und nach Roxana sehen. Es geht ihr gut.

Ich gehe weiter. Weiter und weiter, gegen den eisigen Wind. Dass die Eisfläche nicht immer glatt ist, sondern voller Risse und Verwerfungen, macht die Sache nicht einfacher. Oft muss ich ausweichen. Oder mit aller Kraft ziehen, um ein Hindernis zu überwinden. Bald bin ich so erschöpft, dass nur ein eiserner Wille mich noch aufrecht hält. Nase und Finger schmerzen und fühlen sich irgendwann an wie erfroren, und ich glaube tatsächlich, dass sie es sind.

Als es erneut dunkel wird, korrigiere ich leicht meine Richtung. Auf etwas zu, was ich am Horizont gesehen habe.

Es ist ein Licht.

Ich sitze in der Wohnung von Wels, meinem alten Freund, noch aus den Tagen, als ich für eine Zeitung Artikel schrieb, vornehmlich über Bücher, die ich nicht gelesen, und über Konzerte, die ich gar nicht besucht hatte.

Es ist ein grauer Tag Ende April. Von seinen Fenstern in der Hochhauswohnung kann man auf den Fluss schauen und die halbe Stadt überblicken. Man sieht die Brücken und den Dom und die Hochhäuser nahe der Universität, wo wir beide studiert haben, vor langer Zeit.

Wels sitzt an seinem antiken englischen Schreibtisch, ein Mann mit weitreichender Stirnglatze, auf der sich nur ein schmaler Steg Resthaar behaupten kann. Hinten am Kopf sprießt es jedoch umso üppiger und fällt bis in den Nacken. Es ist schon fast ganz ergraut, obwohl er nur drei Jahre älter ist als ich. Er blickt mich über seine Brillengläser hinweg an.

»Du hast dich verändert«, sagt er. »Aber das wundert mich nicht. Nach dem, was du erlebt hast.«

»Mache ich jetzt einen weiseren Eindruck?«

»Nein, eigentlich nicht. Du machst den Eindruck eines Mannes, der mit vielen Fragen aufgebrochen und mit noch mehr Fragen zurückgekehrt ist. Wenn Leute sich fragen, wie es weitergehen soll, dann genügt manchen ein Spaziergang, um sich zu besinnen. Und manche brauchen eine Reise ans andere Ende der Welt. Verschwinden für über ein, zwei Jahre von der Bildfläche, ohne jede Spur. Sodass man sich nicht fragen muss, wo sie abgeblieben sind, sondern ob überhaupt.«

»Man mag es glauben oder nicht, aber ich hatte nie das Gefühl, ernsthaft in Gefahr zu sein. Und es ist mir ja auch nichts passiert. Dass ich in drei Fingern kein Gefühl mehr habe, kann ich verschmerzen.«

»Die Welt ist heute voll von Berichten selbst ernannter Abenteurer. Jeder, der mal drei Monate irgendwo verbracht hat, glaubt, seine unfassbaren Erlebnisse niederschreiben zu müssen. Aber du solltest es wirklich tun. Das ist eine ganz unglaubliche Geschichte.«

»Ich würde sie nicht jedem erzählen. Aber ich wollte

wenigstens wissen, was du dazu sagst. Du verstehst doch ein bisschen was von Menschen. Therapierst und hypnotisierst sie. Und deshalb frage ich dich, was du von alldem hältst.«

»Die menschliche Psyche ist in Wahrheit noch nahezu unerforscht. Und Menschen sind zu ganz erstaunlichen Dingen fähig. Eine emotionale Bindung, besonders eine verwandtschaftliche, kann sehr tief gehen.« Er tritt ans Fenster, blickt hinaus und lächelt. »Meine Mutter rief mich früher immer dann an, wenn bei mir irgendetwas nicht stimmte. Wenn es mir schlecht ging, wenn irgendwas war, dann konnte ich darauf wetten, dass sie anrief und nachfragte, was los war.«

Meine Großmutter fällt mir ein, die immer erzählte, dass sie im Krieg, als ihr ältester Sohn an der Front war, eines Nachts erwachte und wusste, dass er tot war. Und kurze Zeit später kam der Bescheid.

Wels reicht mir einen Cognac. Wir stoßen an und trinken, während draußen Regenschauer niedergehen.

»Warum habe ich hier vor über zwei Jahren alle Brücken abgebrochen und bin in die weite Welt gezogen wie ein Zwölfjähriger, der von zu Hause abhaut? Einfach so, aus Zufall? Oder hatte ich, ohne es zu wissen, eine Mission zu erfüllen?«

»Du meinst, es war dir vorherbestimmt, ein Mädchen zu retten?«

»Weißt du«, sage ich, »ich habe das Gefühl, dass es Menschen gibt, die unbedingt leben sollen. Es ist ihnen vorherbestimmt zu leben. Lange zu leben. Und wenn das heißt, dass sie dazu die unglaublichsten Situationen überwinden müssen.«

»Na ja, wie man so sagt: Da oben wollte dich niemand.«

»Ich spreche eigentlich nicht von mir. Ich spreche von dem Mädchen. Es ist, als sei ihr bei der Geburt eine Garantie ausgeschrieben worden, unter allen Umständen zu überleben. Manche Schicksale stehen unter einem sehr günstigen Stern.«

»Im Umkehrschluss hieße das, dass es andere gibt, um die sich das Schicksal keinen Pfifferling schert. Und die getrost verrecken können.«

»Vielleicht. Es scheint so.«

»Und jetzt? Wie geht es ihr?«

»Es geht ihr gut. Sie ist bei ihrem Onkel und ihrer Cousine. Wieder zu Hause. Fast. Da ist sie gut aufgehoben. Kann zur Schule gehen und ein ganz normales Leben führen. Ich glaube, sie wird noch hundert Jahre alt werden. Du kannst mich gerne auslachen. Aber ich denke, dass das Leben etwas mit ihr vorhat. Dass man noch von ihr hören wird. Und vielleicht wird man dann sagen: nicht auszudenken, wenn sie damals auf der Insel gestorben wäre!«

»Und, wirst du sie wiedersehen?«

»Wir sind fast täglich in Kontakt. Die Segnungen des Internets. Und im Sommer kommt sie zu Besuch. Ich kann es kaum erwarten, bis es so weit ist.«

»Dann sind deine zwei Jahre Ferien ja glücklich ausgegangen.«

An diesem Abend gehe ich mit Wels in einem gemütlichen Lokal essen, wo ein Kamin brennt und die Betreiber den Italiener so richtig raushängen lassen. Ich erzähle Wels von den Passatwinden. Von den grünen Hügeln in Samoa. Von Apemama und der Insel der Blinden. Wie mich an einem verkommenen, verdreckten Strand auf den Gilberts fast die streunenden Hunde zerfleischt hätten. Ich erzähle von dem Leben auf der *Con Dios*. Und von Rodríguez.

Ich erzähle lange von Rodríguez.

# DIE FÜNFTE INSEL

Die fünfte Insel, auf der ich strande, ist gedrängt voll mit Menschen.

Panische Rennerei auf einem brennenden Schiff. Die Notfallinstruktionen sind vergessen, bei der Übung am vorigen Tag hat man belustigt an seiner Schwimmweste herumgezupft, Fotos gemacht und sich köstlich amüsiert. Die beiden jungen Stewards können einem leidtun, sie bekommen keine Ordnung mehr in das Chaos. Was auch daran liegt, dass die meisten Passagiere betrunken sind. Und das Feuer mit erschreckender Geschwindigkeit um sich greift.

Hinein in ein Rettungsboot, das voll bis auf den letzten Platz abgefiert wird – immerhin das funktioniert –, in das aber nach und nach auch diejenigen hereingehievt werden, die von Bord gesprungen sind. Bis das Boot so voll ist, dass ein einziger weiterer Insasse es zum Kentern bringen würde. Sodass man hektisch davonrudert.

Das Schiff ist regelrecht abgesoffen, man schaut sich um und kann es nicht mehr entdecken. Ein zweites Rettungsboot schwimmt in eine andere Richtung davon, man erkennt eifrige Ruderschläge – die haben dasselbe Problem. Ob man sich denen nicht anschließen, ihnen folgen sollte – das fragen sich die anderen vermutlich auch gerade, und vielleicht bekundet auch deren Bootsmann, dass das Idioten seien, diese Richtung zu nehmen, es gelte eindeutig, sich nach Richtung Soundso zu halten. Unsere ist Südwest, vermute ich, aber ich vermute wenig. Befürchte einiges. Wünsche, ich hätte mich nie zu dieser blöden Fahrt überreden lassen.

Die »Insel« ist ein lang gezogener, leicht buckliger Fels im Meer. Wir sind heilfroh, dass er da ist, er ist besser als nichts, nachdem wir mit dem Boot auf ein Riff gelaufen sind, es nur so hereinströmte und wir unter großem Geschrei im Wasser landeten. Das ist es, was uns diese Richtung eingebracht hat.

Nicht weit erhebt sich diese Felsformation aus dem Meer, und alle schwimmen panisch darauf zu. Die wenigsten tragen Schwimmwesten. Das Meer ist aufgewühlt von all diesen Menschen, man hört das Geschrei derjenigen, die abgetrieben werden, weil sie nicht schwimmen können. Oder jedenfalls nicht gut genug. Denn es herrscht eine kräftige Strömung, gegen die man ankämpfen muss, um das rettende »Land« zu erreichen. Dort setzt ein großes Ans-Ufer-Gekrabbel ein, Menschen lassen sich erschöpft niedersinken, werden aber von denjenigen fortgeschubst, die nachrücken. Und bald wimmelt das kleine Felsplateau nur so von Schiffbrüchigen, es gibt ein Riesengezeter derjenigen, die auch noch hinaufwollen, ein Geschubse und Gedränge, alles unter einem heillosen Durcheinander von Stimmen.

Ich komme ziemlich spät an, ich hätte mir den Bauch

nicht mit der Quiche vollstopfen und nicht diesen Malt-Whisky »probieren« sollen, aber endlich bin ich am Ziel und versuche hinaufzuklettern. Was gar nicht mehr so einfach ist. Das häufigste Wort, das man in dem Gewirr ausmachen kann, ist »He!«.

»He, was soll das!«

»He, pass doch auf!«

»He is kinne Platz mih!«

Das ist Bürger, der Kölner, der an der Bar einen Witz nach dem anderen erzählte und weggezauberte Geldstücke hinter unseren Ohren hervorzog. Er will uns mitteilen, dass die Insel voll ist.

Ich krieche mühsam auf den Fels, schreie aber sofort auf, weil mir prompt jemand auf die Hand tritt. In dem Chaos bleibt mein Schrei ungehört. Ich richte mich recht und schlecht auf, noch kann man sich Platz verschaffen, es ist ein pausenloses Gerücke, die Menge ist ständig in Bewegung, da überall gerückt und beiseitegegangen wird, weil immer noch Schwimmende ankommen. Insgesamt mögen es an die achtzig Menschen sein, die hier Schutz suchen, aber so viele kann dieses Möchtegerninselchen nicht fassen. Nicht einfacher wird alles dadurch, dass hier und da Menschen erschöpft zusammensacken, vielleicht rutschen sie auch einfach aus, der Fels ist glitschig, weil er offenbar bei jeder Flut überspült wird; und man kann sich fragen, ob und in welcher Höhe die Wellen bald zwischen uns durch- oder über uns wegrauschen werden.

In meiner Nähe erkenne ich niemanden außer van Wilde, den Holländer, einen der Männer, mit denen ich an der

Bar getrunken habe. Bei meiner Ankunft hat er nach mir gegriffen und mich festgehalten. So sind die Menschen, eine flüchtige Bekanntschaft unter normalen Umständen ist eine dicke Freundschaft in Gefahrensituationen. Van Wilde kommt mir vor wie ein langjähriger Freund, nur weil ich ihn kenne.

»Wo ist Bartusch?«

Van Wilde antwortet nicht, er sieht aus, als finge er jeden Augenblick an zu heulen, und sagt nur immer wieder: »Oh mein Gott! Oh mein Gott!« Vermutlich mir zuliebe sagt er es auf Deutsch, wie die Holländer halt so sind, sehr anpassungsfähig, eigentlich doch nette Kerle.

Bartusch ist mein Freund, der mich auf die »Vergnügungsfahrt« geschleppt hat, und ich kann ihn nirgendwo sehen. Vielleicht ist er tot. Oder er steht irgendwo in diesem Haufen klatschnasser, frierender Menschen. Es ist Frühsommer, und wir sind irgendwo im Atlantischen Ozean, vor der nordafrikanischen Küste, in ganz angenehmen Breiten, doch der Wind scheint damit keinen Vertrag zu haben, er ist kalt und geht durch und durch, aber so ist das, wenn man im kalten Wasser war und dann in der steifen Brise steht.

Ich sehe viele Männer, wenige Frauen, die sind vermutlich vorwiegend ins andere Boot gestiegen – man kann halt nicht immer Glück haben. Ein paar erspähe ich jedoch. Die ältere Dame, die an der Bar lange neben mir gesessen hat, elegant, hinreißend silbergrau, deren hübsches, glattes Gesicht über ihr Alter hinwegtäuschte, während ihre Hände es verrieten, und deren akkurate Frisur sich im Wasser aufgelöst hat; sie sieht aus wie eine nasse Katze. Eines der Mädchen, die an der Bar bedienten, die dürre Blonde. Die etwas Korpulente, die tatsächlich und allen Ernstes in dem grünen Kleid und mit ihren hohen Stöckelschuhen auf dem Felsen steht, ich habe keine Ahnung, wie sie das gemacht hat, die bis hierhin anzubehalten.

Als immer noch neue Bootsbrüchige aus dem Meer hinaufwollen, wird es wirklich eng, die Menschen fangen an, sich aneinanderzuklammern, sich irgendwo festzuhalten. Erschrockene Aufschreie durchbrechen die Geräuschkulisse, die inzwischen hauptsächlich von Wind und Meer bestimmt wird. Die, die ganz am Rand stehen, drohen ins Wasser zu rutschen, und manche tun es auch. Woraufhin man beginnt, von außen nach innen zu drängen, um sich in Sicherheit zu bringen. Da haben aber die, die schon weiter drinnen stehen, etwas dagegen. Jedenfalls nimmt das Geschiebe und Gezerre nach einer Weile wieder zu, ich war vorübergehend in die Menge geraten, aber ehe ich recht weiß, wie mir geschieht, lande ich wieder ganz am Rand, klammere mich an anderen Leuten fest. Diejenigen, an denen geklammert wird, sind damit nicht immer einverstanden, und nach wie vor ist »He!« das geläufigste Verständigungsmittel, auch in »Hey!«- und »Eh!«-Varianten, je nach Herkunft der Benutzer. Die Deutschen sind in der absoluten Überzahl, aber es gibt auch Franzosen, Holländer und Polen.

Ich sehe Menschen abrutschen und im Wasser landen, dort hektisch herumpaddeln und versuchen, wieder hinaufzukommen. Was immer aussichtsloser wird, weil die Insel mittlerweile voll ist.

Irgendwo höre ich »Ruhe! Meine Herrschaften, Ruhe«-Rufe – ein aussichtsloser Versuch, die Führung zu übernehmen.

»Haltet euch aneinander fest!«

»Nehmen Sie Ihre Hände weg, sonst …«

Es gibt offenbar keine einvernehmliche Strategie.

Ich weiß nicht, woher ich Zeit und Nerven nehme, mir kurz vorzustellen, wie das hier wohl aus einigem Abstand betrachtet aussieht, aus der Ferne oder von oben. Viel Zeit nachzudenken hat man wirklich nicht. Darüber, wo wir genau sind. Wie das hier weitergehen soll. Ob man uns findet. Geschweige denn überhaupt sucht. Ob die See uns überfluten wird. Jeder ist viel zu sehr damit beschäftigt, seinen Platz zu behaupten oder zu verbessern. Jetzt sind fast alle oben, aber immer noch paddeln einige wenige im Wasser herum, die noch nicht hochgekommen oder schon wieder im Meer gelandet sind.

Anfangs war man noch bemüht, anderen zu helfen, sie heraufzuziehen oder festzuhalten, wenn sie drohten über den Rand zu rutschen. Was immer wieder vorkommt, weil sich Bewegungen, die irgendwo in der Menge stattfinden, fortsetzen und als plötzliche Welle auch dort landen, wo man eben noch ruhig und unbehelligt dastand.

Spätestens nachdem man selbst wieder im Wasser war, geht die eigene Sicherheit vor, und je größer die Gefahr wird, erneut herunterzufallen, desto rücksichtsloser nimmt man in Kauf, dass andere von diesem Schicksal betroffen werden.

Es gibt ein Riesenspektakel, wo sich vielleicht einige

Schiebende in die Wolle geraten sind oder jemand in Panik um sich schlägt, kurz darauf erreicht eine Bewegungswelle den Randbereich ganz in meiner Nähe, und ich sehe fünf oder sechs Leute gleichzeitig ins Wasser fliegen. Nach einigen Minuten hat das Ausstrecken helfender Hände aufgehört, man tut so, als ob man die im Wasser gar nicht sähe. Obwohl man sie natürlich nicht übersehen kann.

Direkt vor mir schwimmt ein dicker Mann und blickt flehentlich zu uns herauf.

»Na los, helft mir, zieht mich hoch!«

»Wer sagt das?«, ruft jemand. »Wer sind Sie überhaupt? Mit welchem Recht wollen Sie unbedingt hier rauf, wo überhaupt kein Platz mehr ist?«

»Ach, muss man jetzt ein Recht haben, um raufzukommen?«

»Wenn wir dich raufziehen, plumpst gegenüber jemand runter, das muss dir doch klar sein!«

»Und wer seid ihr, dass ihr euch anmaßt zu entscheiden, wer raufdarf und wer nicht? Hä?«

In diesem Moment rutscht in der Nähe eine Frau unter spitzem Geschrei in die Fluten.

»Da ist was frei geworden! Los, holt mich jetzt rauf!«

»Da müssen aber erst zwei Plätze frei werden, Mann!«

Der Mann im Wasser rudert mit den Armen und japst.

»Ich bin Direktor eines bedeutenden Konzerns!«

»Ja, und ich bin der König von Spanien!«

»Holt mich rauf, um Gottes willen!«, ruft ein anderer

Mann in der Nähe. »Ich ... ich bin Arzt. Vielleicht werde ich noch gebraucht!«

Das erinnert mich fatal an eine Rhetorikübung zu Schulzeiten, als wir uns Argumente überlegen sollten, warum wir, ausgerechnet wir, uns für eine begrenzte Anzahl von Plätzen in einem Rettungshubschrauber qualifizierten. Was uns dafür prädestinierte. Wir mussten uns förmlich wichtigmachen. Denn nur wer wichtig war, bekam einen rettenden Platz. Ich habe damals, ehrlich gesagt, nicht geglaubt, dass ich wirklich einmal in eine solche Situation kommen könnte.

Der Dicke versucht sich an unseren Beinen festzuklammern und hochzuziehen, aber wir treten ihn zurück ins Meer. Ich auch.

Ich trete ihm wirklich auf die Finger!

Der Holländer ist verschwunden, überhaupt stehen mittlerweile ganz andere Leute um mich herum. Dann gelingt es mir tatsächlich, ein Stück vom Rand wegzukommen. Aber angenehm ist auch das nicht. Ich stehe da wie ein Hering, eingekeilt, dem wechselnden Druck von allen Seiten ausgesetzt. Immerhin ist es hier wärmer, ich höre langsam auf zu zittern. Was mir vorher kaum zu Bewusstsein gekommen war.

Wenn ich nur Bartusch entdecken könnte!

Irgendwann haben sich die Unruhe und das Geschiebe doch gelegt, und so stehen wir alle da und harren aus. Und fangen langsam an nachzudenken. Wir stehen da wie Pinguine, dicht gedrängt, unter ständigem Gestapfe von einem Bein aufs andere, es muss ein denkwürdiges

Bild sein. Wenn es nur tatsächlich jemand aus der Luft betrachten würde!

Während ich mir schon ausdenke, was ich sagen kann, wer ich Wichtiges bin und warum unbedingt ich, gerade ich, an Bord des Rettungshubschraubers muss, bemerke ich die etwas Korpulente in dem grünen Kleid neben mir, immer noch angezogen wie für einen Tanzball.

»Geben Sie mir Ihre Jacke!«, sagt sie.

»Bitte?«

»Sie sollen mir Ihre Jacke geben!«

»Wie? Warum das denn?«

»Na, was denken Sie denn? Mir ist kalt!«

»Na und? Wenn ich Ihnen meine Jacke gebe, dann habe ich selbst ja keine mehr.«

»Mir ist aber ka-alt!«

»Mir auch!«

»Na, das haben wir gerne!«, sagt sie.

»Was?«

»An Bord den großen Kavalier spielen und einem Feuer geben und die ganze Zeit in den Ausschnitt schielen – aber wenn's drauf ankommt, dann ist es vorbei mit dem zuvorkommenden Benehmen. Ich kenne das noch so, dass Männer einer Dame ihre Jacke oder ihren Mantel umlegen, wenn ihr kalt ist. Aber davon scheinen Sie ja noch nichts gehört zu haben!«

Für wen hält die mich – für das Sterntalerkind?

»Also, ich würde Ihnen natürlich gerne meine Jacke … *umlegen*, aber unter den gegebenen Umständen – ich habe drunter nur ein Hemd an.«

Sie blickt mich wütend an.

Ich blicke grimmig zurück – und ziehe meine Jacke aus. Was gar nicht so einfach ist in dem Gedränge.

»Sollen wir vielleicht auch die Schuhe tauschen?«

»Sehr witzig!«

Sie zieht sich meine Jacke über. Natürlich muss sie sich etwas hineinzwängen – meine kurze Beschreibung hat ja wohl alles gesagt. Ich stehe da im Hemd, und es wird langsam dunkel. Und nicht wärmer.

Das Wasser ist weiter gesunken, damit auch die Überflutungsgefahr, doch größer ist die Stellfläche deswegen nicht geworden, nur die Ränder fallen steiler ab, und wer jetzt hinunterfällt, der hat es schwer, überhaupt noch ohne Hilfe raufzukommen. Aber die Lage scheint sich beruhigt zu haben; die Menge bewegt sich kaum noch. Alle haben offensichtlich ihren Platz gefunden – jedenfalls die Überlebenden.

So stehen wir im Dunkeln und frieren. Und geben uns sonstigen Komplikationen hin.

Irgendwo nicht weit von mir muss ein Kind sein, denn es plärrt, und eine Mutter – oder bloß eine in der Nähe stehende Frau – sagt: »Mach einfach in die Hose!«

Einige Zeit später erinnere ich mich an diesen Rat – und halte ihn für durchaus vernünftig. Der etwas Korpulenten glaube ich im letzten Schimmer von Tageslicht anzusehen, dass sie im selben Moment zum selben Schluss kommt. Wir öffnen also einträchtig die Schleusen. Ob so was verbindet, wage ich zu bezweifeln. Und kann mir nur ausmalen, wie viele der anderen dem Rat ebenso Folge leisten oder dies in ihrer Not längst getan haben.

Hier und da jammert jemand, einmal höre ich Geschrei, weil offenbar einer vor Schwäche zusammengesackt ist. Der Wind hat sich gelegt, auch das Meer ist ruhiger geworden. Da es jetzt erstaunlich still ist, hört man so manches. Schluchzen. Gebete. Fetzen von Gesprächen oder ganze Unterhaltungen.

Irgendwo hört man tatsächlich jemanden schnarchen!

»Wie spät ist es eigentlich?«

»Was nützt dir denn jetzt die Uhrzeit?«

»Und seit wann duzen wir uns?«

»Wartet, ich habe eine Uhr mit Leuchtziffern!«

»Angeber!«

»Könnt ihr vielleicht mal die Klappe halten?«

Als das Wasser langsam wieder steigt, betet wahrscheinlich jeder für sich, dass es uns nicht überspült. Und das tut es anscheinend nicht, Gott sei Dank. Es wird vorübergehend beinahe still, aber dann tritt jemand eine Lawine los.

»Anneke, ben je daar?«

»Was ruft der?«

»Das ist Holländisch, der ruft nach seiner Frau.«

Anneke gibt keine Antwort, aber viele halten das für eine gute Idee: die Stille nutzen, um nach Vermissten zu rufen. Das haben vermutlich anfangs schon viele getan, aber da sind die Rufe im Durcheinander untergegangen.

»Andreas! Wo bist du?«

»Hasi? Bist du hier irgendwo?«

»Hat jemand meinen Mann gesehen?«

Eine dämliche Frage. Und Hasis gibt es offenbar mehrere. Die genauen Beziehungen verlieren sich aber im entstehenden Chaos.

Ich könnte nach Bartusch rufen, aber mir ist das zu peinlich.

Hier und da haben sich auf diese Art Menschen gefunden, und jetzt geht das Geschiebe wieder los, weil sie versuchen, zueinanderzukommen. Jemand stößt mir einen Ellenbogen in die Rippen, dass mir die Luft wegbleibt. Anscheinend rutschen wieder Menschen vom Rand der Welt ins Wasser, irgendwo setzt großes »Iiiiiih«-Geschrei ein, wo sich offenbar jemand übergibt, und es dauert geraume Zeit, bis wieder Ruhe herrscht.

Als es hell wird, ist die See spiegelglatt. Die Sonne geht auf und bescheint knapp achtzig dastehende Menschen, leidlich trocken, dicht gedrängt auf einem Felsen im Meer, das jetzt wieder tiefer steht. Man kann die Umstehenden wieder sehen und den Hals recken und Ausschau halten. Rechts neben mir sehe ich den Mann mit dem dünnen Oberlippenbärtchen und den zurückgekämmten Resthaaren, der aussieht wie Robert Anson Heinlein. Er nickt mir zu.

»Guten Morgen!«

»Morgen!«

Während ich überlege, ob er sich gleich erkundigen wird, wie ich geschlafen habe, sagt er, mit polnischem Akzent: »Sie sind doch der Herr, der neben mir am Tisch gesessen hat.«

»Ja, stimmt, Sie saßen gegenüber, nicht?«

»Lem«, sagt er, nochmals nickend.

»Bitte?«

»Lem ist mein Name. Angenehm!«

Das ist der falsche Science-Fiction-Autor. Lem, der aussieht wie Heinlein!

Ohne nachzudenken, sage ich ihm meinen Namen, und wir reichen uns unbeholfen, weil durch Umstehende behindert, die Hände.

Lem, der aussieht wie Heinlein, hat eine sehr steife, aufrechte Haltung, trägt einen dezent gestreiften Anzug, der kaum gelitten hat, und macht einen fast britischen Eindruck. Er scheint wie gemacht für solche Anlässe – Schiffsuntergänge, Flugzeugabstürze und andere Katastrophen.

Irgendwo weint jemand. Nicht weit entfernt unterhalten sich zwei über die diversen Verfilmungen von *King Kong*.

Links neben mir steht immer noch die etwas Korpulente. Mit meiner Jacke. Sie lächelt mir zu.

»Ich heiße Imbruch«, sagt sie. »Steffi.«

»Aha«, sage ich.

Sie öffnet ihr Handtäschchen – oh, Gott, sie hat tatsächlich und allen Ernstes noch ihr Handtäschchen! –, fischt einen Lippenstift aus dem Durcheinander und malt sich den Mund knallrot.

Die Sonne steigt höher und brennt auf uns herab. Steffi gibt mir die Jacke wieder, die mir jetzt lästig ist. Überall fängt das große Stöhnen an, Menschen verlieren langsam die Nerven und beklagen ihre bevorstehenden Schicksale. Dass sie in der Sonne verdorren werden. Vor Durst sterben. Hier elendiglich verrecken. Ein Mann erhebt seine Stimme, appelliert an alle, Ruhe zu bewahren und die Hoffnung nicht sinken zu lassen. Ein Priester vermutlich. Ich kann über etwa acht Köpfe und Schultern hinweg van Wilde ausmachen, der aus leeren Augen vor sich hin starrt, und bin erleichtert, ihn zu sehen.

Dann bin ich wohl tatsächlich eingenickt und erwache, mit schmerzendem Nacken, von dem entstehenden Aufruhr, als sich ein Hubschrauber nähert.

Die Rettung! Ich werde behaupten, ich sei Medizinprofessor und arbeitete gerade an einem bahnbrechenden Projekt – in der Endphase – zur Entwicklung eines Medikaments … nein, das ist viel zu kompliziert.

Es sind Spanier, und per Megafon erhalten wir die Anweisung, dass Frauen und Kinder zuerst drankommen. In der Aufregung und dem einsetzenden Treiben rutschen wieder einige über Bord, aber bald sind die Kinder und die ersten Damen mit einem Tragekorb hochgehievt, und man hat endlich ein bisschen mehr Luft. Steffi winkt mir aus luftiger Höhe im Korb zu – und das ist das Letzte, was ich je von ihr sehe.

Etwas später kommt ein Boot, und man fährt und fliegt uns zu den Kapverden. Man verteilt uns auf Krankenhäuser und Unterkünfte, wir werden von Journalisten und Fotografen bestürmt und sind weltweit in den Nachrichten. Ich erfahre, dass Bartusch in dem anderen Boot war. Ein Schiff hat die Insassen aufgenommen und nach Agadir gebracht.

Ich bleibe noch einige Tage in dem Hotel in Praia, wo

ich mit Lem und dem dicken Konzernleiter – der mir nichts nachträgt – abends Karten spiele und Zigarren rauche. Natürlich bedrückt es uns, dass bei dem Unglück Menschen umgekommen sind – wir sind ja nicht aus Stein! –, aber jetzt an der Bar lachen wir uns doch kaputt darüber, wie wir dastanden wie die Pinguine und uns in die Hosen gemacht haben.

Es tut mir richtig leid, mich von ihnen zu trennen. Das ist so eine Schwäche von mir: Ich entdecke in jedem zufällig zusammengewürfelten Grüppchen, ob im Urlaub oder in einer stehen gebliebenen Seilbahn, gleich eine Gemeinschaft und möchte mich mit allen verbrüdern. Ich würde es fertigbringen und mit einigen zufälligen Bekanntschaften an einem Urlaubsort für ewig bleiben. Ich könnte mein Leben lang nachmittags an eine Bar gehen und sehen, wer von den anderen schon da ist. Die Leute wachsen mir richtig ans Herz. Und wenn im Urlaub Leute abreisen, mit denen man mal am Tisch gesessen hat, dann habe ich einen Kloß im Hals. Mindestens.

Kohlund, der Direktor, lässt sich meine Telefonnummer geben, weil er »vielleicht irgendwas für mich tun« kann, und Lem lädt mich ein in sein Landhaus in der Nähe von Lodz. Aber wie das so ist im Leben – man sieht sich niemals wieder.

Bartusch kann mich mit seinen Fünf-Tages-Kreuzfahrten künftig am Arsch lecken. Obwohl das Essen sehr gut und es an der Bar sehr schön war. Und es mit dieser feinen, eleganten älteren Dame und mir glatt noch etwas hätte werden können.

# DIE SECHSTE INSEL

Die sechste Insel, auf der ich strande, ist flach und wird verlängert durch eine Sandbank, die bei Ebbe begehbar ist und bei Flut nur ein heller, kaum bewachsener Landrücken im Meer. Die Insel liegt verloren in der Weite, als wäre sie die letzte und einzige, das letzte Stück Land einer von Ozean überfluteten Welt. Und wenn auch alle Inseln auf Anhieb diesen Eindruck erwecken mögen, diese hier vermittelt einem das Gefühl, es gebe außer ihr nichts Erreichbares mehr auf der Erde. Als habe sich eine Katastrophe ereignet, die alle Vergangenheiten auslöschte und der Zukunft nicht mehr lässt als eine kleine Nische am Rande der Ewigkeiten.

Groß ist sie nicht, man kann sie in drei Stunden umwandern. Sie ist unförmig, voller Buchten und Landvorsprünge, aber insgesamt lang gezogen, der grobe Umriss eines Halbmondes. Bewachsen ist sie von einer Art Heidekraut und Gesträuch, nur hier und dort von Baumgruppen, die lose ineinander übergehen. An einer Stelle, an einem sandigen, von Steinen und Felsformationen durchsetzten Strand, stehen die Bäume dichter, wo das Wasser einer Quelle ins Meer sickert.

Auf dieser Insel haben Menschen gelebt. Ihre Behausungen sind noch da, kuppelförmige Hütten aus den Stämmen junger Bäume und einem Flechtwerk aus Blättern und Gras, die in einer Gruppe zusammenstehen. Sie sind stabil gebaut, sehr stabil. Man sieht, dass sie lange der Witterung ausgesetzt waren, Stürme haben einige beschädigt oder beinahe ganz zerstört, aber zweien haben die äußeren Einwirkungen kaum etwas anhaben können. Sie sind besser erhalten, und eine davon wähle ich, die mir Schutz und Wohnung bietet.

Die Menschen können hier nicht lange gelebt haben, und vermutlich nicht einmal permanent. Es wirkt nicht wie eine dauerhafte Siedlung, eher wie ein Lager für eine Saison, als wären diese Menschen nur zu bestimmten Jahreszeiten hergekommen, vermutlich, um auf die Jagd zu gehen. Vielleicht auf die silbern glänzenden, großen Fische, die vor der Sandbank manchmal sichtbar durchs Wasser flitzen. Vielleicht auf Robben, die im Winter hierherkommen. Überreste zweier Kadaver an den Stränden lassen mich darauf schließen.

Aber warum auch immer sie hier waren und für wie lange, es muss bedeuten, dass diese Insel nicht vollkommen abgelegen ist, dass es nicht allzu weit entfernt anderes Land gibt. Sie müssen mit Booten hierhergelangt sein, von anderen Inseln oder vielleicht sogar vom Festland aus.

Die flache Insel erlaubt keine großen Ausblicke, keinen weiten Blick übers Meer, aber manchmal, bei guter Sicht, glaube ich in der Ferne etwas auszumachen, was Land sein könnte. Die Existenz dieses Landes wird für mich während der Wochen und Monate, die vergehen, zum Dreh- und

Angelpunkt meiner Gedanken und meines Bestrebens, hier zu überleben. An manchen Tagen zeichnet sich undeutlich etwas am Horizont ab, von dem der Sandbank abgewandten Ende der Insel aus gesehen. Anfangs halte ich es für Wolkenformationen, weil an anderen Tagen dort nichts ist, auch bei klarem Wetter. Manchmal glaube ich deutlich Umrisse zu erkennen, aber nur eine Stunde später sind sie mitunter verschwunden, ohne jede Spur. Für Wochen ist nicht das Geringste zu sehen, aber dann kommen wieder Tage, an denen eigentlich kein Zweifel mehr bestehen kann, dass dort etwas ist. Es können nicht immer wieder Wolken sein, und schon gar keine, die jedes Mal eine ähnliche Formation annehmen. Doch so sicher ich mir in solchen Momenten auch werde, wenig später ist der Horizont wieder so weit und unbegrenzt, dass es mich in wahre Anfälle von Verzweiflung stürzt.

Ich kann nur überleben, weil die Menschen, die vor mir hier waren, Dinge zurückgelassen haben. Nichts Wertvolles oder ausgesprochen Brauchbares. Nur ausgediente Felle und daraus genähte Kleidung und Schuhe, alte geflochtene Matten und Reste davon, Feuersteine, abgenutzt und kaum noch zu gebrauchen, die mich in die Lage versetzen, ein Feuer zu unterhalten, das ich sorgsam hüte, damit es niemals ganz ausgeht. Die Felle, Matten und Schuhe, die den anderen nicht wert genug gewesen sind, sie mitzunehmen, tun mir noch gute Dienste. Zur Zeit meiner Ankunft neigt sich der Sommer seinem Ende entgegen, und mir ist klar, dass mich hier ein harter Winter erwartet, den ich überstehen muss, irgendwie. Ich setze die am besten erhaltene Hütte instand, so gut es geht, mache sie dicht und wetterfest und schaffe all meine Habe hinein. Verlege das Feuer nach innen, wo der Rauch durch eine kleine Öffnung im Dach abzieht, die so geschickt überflochten ist, dass eindringendes Wasser nur bei sehr starkem Regen zum Problem wird. Trotz allem ist es in der Hütte oft qualmig und stickig. Ich schiebe den geflochtenen Schutz vor dem Eingang beiseite und lasse ihn offen, wann immer ich kann.

Auch Stücke von Fischernetzen sind übrig geblieben, die ich zusammenknüpfe, um damit in der seichten Bucht vor der Sandbank ein paar von den silbernen Fischen zu fangen. Vielleicht gelingt es mir nur aufgrund ihrer großen Zahl, sie ziehen in wahren Schwärmen durch die Bucht. Wann, das lässt sich jedoch nie voraussehen, es scheint keinen festen Rhythmus zu geben. Manchmal zeigen sie sich viele Tage lang nicht. Das erste Mal, nachdem ich frohlockend eine feste Nahrungsquelle gesichert glaubte, erschreckte mich das zutiefst. Mit der Zeit habe ich gelernt, die Ressourcen der Insel zu nutzen, wie es kommt. Vögel nisten an den felsigen Küstenabschnitten und auf der Sandbank. In dem niederen Bewuchs einer insgesamt kargen, tundraartigen Landschaft wachsen Beeren zuhauf. Sie sind in den ersten Wochen eine wichtige, eine entscheidende Nahrungsquelle. Ich glaube nicht, dass ich hätte überleben können, wenn ich zu einer anderen Jahreszeit hierhergelangt wäre.

Beim Stranden auf einer Insel gibt es von der ersten Minute an kaum einen anderen Gedanken als das Fortkommen. Jede Gelegenheit würde man ergreifen, jeder Moment wäre ein willkommener, je eher, desto besser. Während die Wochen vergehen, hören die Gedanken niemals auf, um diese Frage zu kreisen: Wie kann ich diese Insel wieder verlassen? Doch im Lauf der Zeit richtet sich der Verstand notgedrungen auf das ein, was er anfangs noch kategorisch als völlig absurd von sich weist: die Möglichkeit, dass man einige Zeit hier verbringen muss. Und Strategien braucht, um diese Zeit zu überstehen. Doch natürlich ist das nur ein Aufschub; ein bloßes Verschieben der zentralen Frage, wann man von hier entkommen kann.

Während der Herbst immer deutlicher in diesem Teil der Welt einzieht, sehe ich den Winter vor mir und frage mich bange, wie – und ob – ich ihn überstehen werde. Werden die Robben zurückkommen? Werden sie meine Rettung sein? Aber wie sollte ich sie jagen? Soll ich wirklich zum Robbenjäger werden wie die Männer aus Abenteuerbüchern längst vergangener Zeiten? Das ist so absurd, dass es mich fast zum Lachen reizt. Ein Lachen, das mir in der Kehle stecken bleibt.

Wenn man auf einer Insel gestrandet ist und keinen anderen Gedanken hat als das Überleben – immer bis zu einem denkbar, einem illusorisch denkbar nahen Zeitpunkt der Rettung und des Entkommens –, dann ist man stolz wie ein Kind auf jeden Handgriff und jede Aktion, die einen diesem Ziel näher bringen. Gefundene Beeren, Vogeleier, das Aufspüren von Wasser geben einem für Momente das triumphale Gefühl eines Überlebenskünstlers.

Man kommt sich ungeheuer geschickt – und begnadet – vor.

Doch in der ersten Nacht sitze ich Rotz und Wasser heulend im Dunkel der gefundenen Hütte. Die Quelle werde ich erst am zweiten Tag entdecken. Es war schon fast dunkel, als ich auf die Gruppe halb verfallener Hütten stieß, die ich zunächst euphorisch – und doch auch ängstlich – für die Behausungen noch anwesender Menschen hielt.

Diese erste Nacht ist furchtbar. Ich sitze in Dunkelheit und Kälte, die noch klammen Sachen am Körper, ohne Feuer, ohne Wärme, hungernd und leidend an der immensen Schwäche und Übelkeit. Jede Bewegung schmerzt, meine Haut ist verbrannt von den Tagen im Rettungsboot, in der sengenden Sonne, Mund und Kehle sind so ausgetrocknet, dass sich alles anfühlt wie mit Gips gefüllt. Ich kann nur schwer atmen. Weinkrämpfe schütteln mich. Doch mein Körper hat nicht die Flüssigkeit, ausreichend Tränen und Schleim zu produzieren, und so ist selbst dieses Weinen eine Tortur.

In dieser Nacht denke ich, dass ich sterben werde. Ich bin in einem Zustand, der dem Fieberwahn gleicht. Wenn ich Geräusche höre, denke ich, dass sich jemand nähert. Irgendeiner der anderen aus dem Boot. Obwohl ich meiner Erinnerung nach zuletzt allein war im Wasser – und das Boot fort. Doch kann ich diesen Bildern trauen? Ich versuche, in die Dunkelheit zu rufen. Verfalle wieder in einen dämmerigen Schlaf, und wenn ich durch neue Geräusche erwache, weiß ich nicht, wo ich bin. Manchmal glaube ich, ich sei zu Hause, und taste um mich, finde aber nichts als kalte Erde und lange getrocknetes, immer wieder feucht gewordenes und dann aufs Neue getrocknetes Gras, das modrig riecht. Ich rufe nach den Menschen meiner weit entfernten Wirklichkeit, und einige Male bin ich auch klein, wieder Kind, und rufe nach meiner Mutter. So wie Sterbende es manchmal tun, die wieder zurückkehren in ein Paradies der Erinnerung, das in einem Winkel ihres Hirns für sie eingerichtet ist. Wie nahe muss man dem Tod sein, um diese Visionen zu bekommen? Ich sehe meine Mutter, meinen Vater und meine Geschwister und bin wieder in der Küche eines Hauses, das schon lange nicht mehr existiert.

Irgendwann ist diese Nacht vorbei, es ist hell geworden, und ich krieche aus dieser Hütte, in dem Glauben und dem festen Vorsatz, niemals wieder dorthin zurückzukehren. Nicht wissend, dass dies meine Heimat, mein Zuhause sein wird, für viele Wochen und Monate. Während ich ächzend und schnaufend umhertappe, folge ich unwillkürlich dem Weg zurück zum Strand. Dort sehe ich die Baumgruppe und den Einschnitt einer tiefen Bucht. Und stoße auf die Quelle.

Vermutlich würde ich minutenlang nur trinken, trinken, trinken, wenn ich nicht so schwach wäre, dass ich nach einigen gierigen Schlucken zusammensinke. Zum Glück. Denn das maßlose Trinken würde womöglich mein Schicksal besiegeln. Ich erwache, als die Sonne schon hoch am Himmel steht. Ich trinke und wasche und überschütte mich mit dem Wasser des Rinnsals, und schon zu diesem

Zeitpunkt geht mir die bange Frage durch den Kopf, ob es eines Tages austrocknen könnte. Meine Gesichtshaut brennt und schält sich furchtbar.

Dann suche ich nach dem Boot. Ich suche noch wochenlang danach, halte immer wieder Ausschau, umrunde die Insel stets aufs Neue in der Hoffnung, eine Spur davon zu finden. Oder das Boot selbst. Je mehr Zeit vergeht, desto verzweifelter werden meine Hoffnungen, es eines Tages intakt in einer Bucht zu finden. Weil es die ersehnte Rettung wäre. Natürlich nur vermeintlich. Denn wie sollte ich mich für eine längere Fahrt rüsten können, wie Trinkwasser transportieren?

Aber daran denke ich zu dieser Zeit nicht. Das Boot zu finden heißt, eine Möglichkeit zu haben, von diesem Stück Land zu entkommen. Und das ist alles, was mich interessiert, wenn ich meine Angst und meinen Zorn in den Wind hinausbrülle. In meiner ohnmächtigen Wut zerstöre ich zwei der im Verfall befindlichen anderen Hütten völlig. Steigere mich in ein hysterisches Geheul, bis ich zitternd und erbärmlich schluchzend dasitze. Und begreife, dass mich diese Ausbrüche nicht weiterbringen. Meine Seele und mein Verstand werden ernsthaft Schaden nehmen, wenn ich nicht Strategien entwickle zu überleben, über die Beschaffung von Nahrung und das Anlegen von Vorräten hinaus.

Das Boot finde ich nie, doch am ersten einer Reihe von stürmischen Tagen stoße ich in einer Bucht auf die Überreste von Kramer. Ich ziehe den Körper aus dem Wasser, wo er zwischen den Felsen treibt, an den Strand.

Die Leiche ist derart aufgequollen, dass ich Kramer nur an seiner Kleidung erkenne, Baumwollhemd und braune Stiefel – die Felljacke, die er trägt, ist meine eigene –, und ich kann mir nicht vorstellen, ihm diese Dinge auszuziehen. Da liegt er, ein monströses, absurdes Ding, das mir Angst und Entsetzen einflößt. Wie und warum hat er das Boot verlassen? Er allein? Und wo ist das Boot geblieben?

Ich gehe zurück zu meiner Hütte und lasse ihn am Strand liegen. Ich will ihn nicht mehr berühren, also auch nicht begraben und nicht einmal sehen. Ihn auch nicht zurück ins Wasser zerren. Es bleibt nur, ihn seinem Schicksal zu überlassen.

Aber abends, am Feuer, das seit einigen Tagen ununterbrochen brennt, kreisen meine Gedanken. Ich fühle mich entsetzlich aufgewühlt, finde keinen Schlaf. Immer wieder sehe ich ihn vor mir. Vielleicht picken schon die Vögel an ihm herum. Ich kann ihn doch nicht einfach so liegen lassen.

Und die Kleidung fällt mir ein, in diesen ersten Tagen, in denen ich noch kaum etwas habe. Die Jacke, die Schuhe. Nachts ist mir kalt, ich zittere oft vor mich hin und ersehne bloß den Morgen. Die aufgehende Sonne. Wenn sie denn scheint, denn in diesen Breiten ist eine Decke dunkler Wolken offenbar der Normalfall. Es ist schließlich meine eigene Jacke. Ich habe sie verloren. Oder jemand hat sie mir abgenommen, während ich schlief oder nur vor mich hin dämmernd dalag, im Boot. Während dieser schrecklichen Tage, als die Sonne vom Himmel brannte und wir nur noch die Notrationen an Nahrung hatten, aber kein Wasser.

Meine Erinnerung an die Ereignisse ist – noch – dunkel, und ich weiß nicht, wie mir die verdammte Jacke abhandengekommen ist. Nachts bedecken mich die alten Felle der anderen, die vor mir hier gelebt haben, leidlich. Doch am Tag kann ich damit kaum etwas anfangen, so steif und spröde, wie sie nach der langen Zeit sind, im nur ungenügenden Schutz einer halb zerstörten Hütte der Witterung und den Jahreszeiten mehr oder weniger ausgesetzt. Ich kann diese Jacke gut gebrauchen. Sehr gut. Nach einigen Tagen auf der Insel beginnt die Möglichkeit eines längeren Aufenthalts, vielleicht gar über den bevorstehenden Winter, in meinen Gedanken Gestalt anzunehmen.

Anderntags gehe ich morgens zum Strand, in der Erwartung – oder vielmehr in der Hoffnung? –, ihn dort nicht mehr vorzufinden. Aber er liegt immer noch da, genau so, wie ich ihn zurückgelassen habe.

Ich versuche, ihm die Stiefel auszuziehen, aber es ist unmöglich. Man müsste sie aufschneiden, so sehr sind die Füße aufgequollen. Der Gestank, den die Leiche jetzt ausströmt, ist entsetzlich. Unerträglich bis zum Brechreiz. Hastig und nach einigen ungeschickten Anläufen sehr vehement ziehe ich ihm die Jacke aus, dann das Hemd. Ich werde es nie tragen. Hundert Mal werde ich es auswaschen und trocknen, trotzdem findet es später bloß Verwendung als eine Art Sonnenschutz. Was bleibt, ist die Felljacke. Sie ist es, die mir hilft, den Winter zu überstehen.

Als ich sie untersuche, finde ich in einer der Innentaschen meine Brieftasche und die Mundharmonika. Also muss es Kramer gewesen sein. Hat er mir die Jacke weggenommen, während ich schlafend oder ohnmächtig dalag? Mit voller Absicht? Aber warum? Was hat er damit bezwecken wollen? Und unter welchen Umständen hat er das Boot verlassen?

Ich betrachte den Leichnam, aus einiger Entfernung. Ursprünglich habe ich wohl vorgehabt, ihn doch irgendwie zu begraben. Doch jetzt lasse ich ihn liegen, wo er ist. Dämlicher Kerl. Der in der Not seine Gefährten beklaut. Soll er doch verwesen!

Schon am nächsten Tag bin ich anderen Sinnes. Das Gewissen lässt einen doch nicht in Ruhe. Ich gehe erneut zum Strand, um irgendetwas zu tun, ihn zu bedecken oder zurück ins Wasser zu befördern. Doch diesmal ist er verschwunden. Einfach weg. Offenbar habe ich ihn bei meinen Manövern näher ans Wasser gebracht, und die Flut hat ihn abgeholt. So ist es das Beste.

Fürs Erste verschwindet der Leichnam langsam aus meinen Gedanken. Nur den Anblick werde ich niemals los. Den Anblick, der sich mir bot, als ich ihn der Jacke und des Hemdes entledigt hatte. Dieser Anblick ist so grauenvoll, dass er mich bis in meine Träume verfolgt.

Die Tage und Wochen vergehen, und das Ereignis scheint fast vergessen. Der Sommer geht unmissverständlich zu Ende. Es treten Überlegungen in den Vordergrund, die mein Denken mehr in Anspruch nehmen, als mir lieb ist. Ich bin mir fast sicher, dass ich diesen Winter nicht überstehen werde. Monatelang wird dieses Land keine Früchte bieten, und ich weiß nicht, wie ich einen Nahrungsvorrat anlegen sollte. Denn wie soll ich Fisch oder Fleisch haltbar machen? Ich erinnere mich an Dinge, die ich nur vom Hörensagen kenne, von deren Existenz ich zwar weiß, doch ohne jedes weitere Wissen um Details. Zur Konservierung wird Fisch eingesalzen. Oder getrocknet. Ersteres kommt für mich nicht infrage, wenn ich auch tatsächlich Zeit mit theoretischen Erwägungen verbringe, durch Verdunsten von Meerwasser in abgetrennten flachen Arealen Salz zu gewinnen. Und wie trocknet man Fisch, sodass er für einen Notvorrat taugt wie bei nordischen Nomadenvölkern? Indem man ihn einfach in die Sonne legt? Dann, denke ich mir, wird er nur verderben.

Eines Tages habe ich das Glück, Fische zu fangen, viele Fische, die mir ins Netz gehen. Viel mehr, als ich auf einmal verspeisen kann. Das gibt mir die Gelegenheit, Versuche anzustellen, Fisch über dem Feuer zu räuchern und dann mit alten Fellen und Matten zu bedecken, ihn in der Sonne oder auf Stöcke aufgespießt im Schatten an der Luft trocknen zu lassen. Es ist Letzteres, was schließlich den größten Erfolg verspricht. Das Ergebnis sind knochentrockene, steinharte, unappetitlich aussehende graue Stücke, deren Geschmack fast ekelerregend ist und die weich zu kauen mehr Anstrengung als Vergnügen darstellt. Doch sie sind verdaulich, und dieser Erfolg versetzt mich vorübergehend in eine Euphorie, wie ich sie nie gekannt habe. Ich fühle mich als Gott und Herrscher über das Leben und die Welt.

Doch gleichzeitig beschäftigen mich andere Gedanken. Warum sind die Menschen, die die Hütten gebaut haben, – ganz offenbar – nicht wiedergekommen? Meine Überzeugung wächst, dass sie eine Zeit lang diese Insel besucht und hier ihr Lager aufgeschlagen haben. Aber es muss mittlerweile Jahre her sein. Wie viele Jahre, ist ungewiss. Fest steht, dass sie längere Zeit nicht hier gewesen sind. Und das macht mich nachdenklich. Immerhin wäre ihre Rückkehr vermutlich meine Rettung. Denn woher sie auch kommen, sie könnten mich dorthin mitnehmen. Und von da aus gäbe es vermutlich einen Weg zurück in die Zivilisation. Zurück in die Wirklichkeit, in meine alte Welt.

Meine Gedanken kreisen, während ich abends am Feuer sitze. Sie kreisen und treiben. Treiben ab in Bereiche, wo sie mit der Zeit immer mehr an Absurdität verlieren. Ich weiß es, kann es jedoch nicht verhindern. Die Einsamkeit setzt mir zu, und manchmal überkommt mich ein Gefühl der Beklommenheit. Der Angst. Kramer fällt mir ein. Noch oft bin ich zu der Stelle gegangen, wo er zuletzt lag. Und wo er dann so plötzlich – und im Grunde unerklärlich – verschwunden ist. Es war nur eine Leiche. Eine aufgedunsene Leiche, kaum mehr als Überrest eines einst lebendigen Menschen zu erkennen. Oder habe ich mich getäuscht? Meine Erinnerung verblasst, auf subtile Weise retuschieren sich die Dinge. War er am Ende gar nicht tot? Seine Augen waren offen, und er starrte mich an. Wie konnte er einfach verschwinden? Ist er in jener Nacht zu sich gekommen und hat sich davongeschleppt?

Das ist blanker Unsinn. Ich weiß es, anfangs. Aber die Beklommenheit wächst, und manchmal habe ich ein Gefühl, als würde ich beobachtet. Als wäre ich nicht allein auf diesem öden Stück Land.

Das mit den Geräuschen hat nie aufgehört. Ich habe mich daran gewöhnt. Was mich zunächst maßlos erschreckte und erstarren ließ, ein Knacken, ein Schaben, die Stimmen von Vögeln, die manchmal zufällig menschlich klangen, das alles ist Teil der Kulisse geworden. Meine übertriebene Wachsamkeit ist erlahmt. Immerhin gibt es hier keine Raubtiere, überhaupt keine Tiere, die größer sind als eine Ratte. Doch als die Nächte immer früher hereinbrechen und sich die Stunden des Dasitzens in der Dunkelheit zwangsläufig mehren, kehrt meine Angst zurück. Manchmal wache ich auf und habe das sichere Gefühl, dass da jemand ist, draußen vor der Hütte. Jemand, der dort herumschleicht, sich mir nähert. Wer sollte es anderes sein als Kramer? Ich versuche mir ins Gedächtnis zu rufen, wie tot er war. Er war so was von tot! Aber das Bild verschwimmt zunehmend, und wie man bei ausreichendem Grübeln nach einer Weile alles für möglich hält, so halte auch ich mehr und mehr für möglich, für wahrscheinlich, dass ich mich geirrt habe und Kramer gar nicht tot war. Eigentlich habe ich ihn doch nie richtig untersucht.

Und selbst wenn er tatsächlich nicht mehr lebt, könnte es doch sein, dass er noch da ist. Tot oder nicht, er ist immer noch hier. Irgendetwas ist da draußen. Es ist Kramer oder das, was von ihm übrig blieb, nachdem er starb.

Tagsüber durchkämme ich die Insel, ich umrunde sie, durchwandere sie, um vielleicht auf irgendetwas zu stoßen, was ich übersehen habe. Irgendeinen Hinweis, ein Zeichen. Wenn ich zurückkomme ins Lager, habe ich manchmal das Gefühl, dass jemand dort war. Auf den ersten Blick scheint noch alles so zu sein wie vorher. Doch immer häufiger kommt es mir vor, als hätten sich manche Dinge leicht verändert. So als ob jemand sie genommen und dann wieder akkurat so hingelegt hätte, dass ich nichts merke. Er ist geschickt. Er ist sehr schlau. Aber nicht schlau genug. Ehrgeiz erwacht in mir. Der Ehrgeiz, ihm eine Falle zu stellen.

Ich erwache nachts, schrecke hoch aus Träumen oder weil ich etwas gehört habe. Das Feuer ist heruntergebrannt, wie immer. Morgens ist stets genug Glut da, es neu zu entfachen. Die ersten Male bleibe ich ganz still liegen und horche nur, doch irgendwann gesellt sich zur Angst eine dumpfe Wut. Ich springe auf und rufe in die Dunkelheit. Rufe seinen Namen.

»Kramer! Du verdammter Hund! Ich weiß, dass du da bist! Zeig dich, du verfluchtes Schwein!«

Nicht genug, dass er mich bestohlen hat und vermutlich derjenige war, der mich aus dem Boot ins Meer gestoßen hat. Jetzt verfolgt er mich und lauert mir auf. Zweifellos, um mich zu töten und sich erneut meiner Sachen zu bemächtigen.

Meine Erinnerung ist wieder da, und ich sehe die Dinge jetzt ganz klar. Kramer, der junge Steward und ich im Boot. Und das Mädchen, die junge Frau, die nach drei Tagen gestorben ist. Sie war noch sehr jung, vielleicht erst sechzehn. Nicht gerade eine Schönheit, aber doch reizvoll. Und doch schön, auf eine Art. Nicht dass man in einer solchen Lage übermäßig auf so etwas achtet. Aber man bleibt doch immer Mann, auch in Ausnahmesituationen. Männer sind Männer und Frauen Frauen. Sie war zart und schwach. Als ob sie krank gewesen wäre im Vorfeld. Wir wussten nichts darüber, wir sprachen nicht von solchen Dingen, stellten keine Fragen. Sie war still, immer nur mit einem Ausdruck des Schreckens in den Augen und im Gesicht, als wüsste sie genau, was mit ihr passierte und wie es enden würde. Ohne echte Hoffnung. Wir hatten etwas Nahrung, aber kein Wasser. Sie ging ein wie eine vertrocknende Pflanze. Sagte nichts. Klagte kaum. War still und blieb still, und am dritten Tag, als wir sie schüttelten, um sie aus einem vermeintlich tiefen Schlaf zu wecken, war sie tot.

Es entstand eine absurde Debatte darüber, wie mit ihr zu verfahren sei. Kramer regte sofort an, sie über Bord zu befördern, aber ich wehrte mich dagegen. Ich hatte das Gefühl, dass wir eine Art Pflicht hätten, wenigstens ihren Leichnam jemandem zu überbringen. Damit man sie dort, wohin auch immer wir gingen, begraben könnte. Entsetzlich, wie sie dasaß. Auf eine Art wirkte es, als schlafe sie nur. Sie war bleich, der Mund halb geöffnet, die Gesichtszüge herabgesunken, kaum anders als bei jemandem, der eingenickt ist. Ihre blonden langen Haare wehten mit dem Wind. Es sah gespenstisch aus.

Als ich das nächste Mal erwachte, war sie fort. Kramer und der Steward hatten sie über Bord gewuchtet. Ich nahm es zur Kenntnis, verlor kein Wort darüber. Tat, als hätte ich es nicht bemerkt oder als habe es sie nie gegeben.

Wir drei wechselten uns ab am Steuer. Die beiden anderen ruderten jeweils, in Intervallen. Stundenlang ließen wir das Boot auch einfach treiben. Kramer stellte in Monologen Berechnungen an, wohin die Strömung uns führte und wann wir möglicherweise Land erreichen würden.

Ich wurde schnell schwächer. Der Durst wurde unerträglich. Kaum möglich, etwas Essbares hinunterzuwürgen ohne Flüssigkeit. Wir tranken Urin, obwohl wir uns in Debatten verloren, inwiefern das die Dinge nur verschlimmerte, weil es dem Körper in Wahrheit Wasser entzog. Auch der Steward schwächelte. Er lag auf dem Boden und jammerte mit jedem Atemzug. Einmal weinte er vor sich hin.

Ich war bald so schwach, dass ich nicht mehr rudern konnte. Ich nahm am Leben nicht mehr teil, eine Apathie ergriff mich, und vielleicht sah es für die anderen, vor allem für Kramer, so aus, als sei ich dem Tod schon nahe. Ich erinnere mich an einen Moment, vermutlich am fünften Tag, als ich mir meiner selbst und der Umgebung noch einmal kurz bewusst wurde und mich umblickte. Der Steward lag auf dem Boden. Ob er schlief oder tot war, weiß ich nicht. Vermutlich schlief er. Kramer saß am Ruder und blickte mich an, mit seltsam starren Augen.

Dann plötzlich um mich herum Wasser. Ich strampelte, versuchte, mich an etwas zu klammern. An das Boot. An irgendetwas. Mir war, als spürte ich Hände. Ich wehrte mich, bekam etwas zu fassen, hielt es fest. Eine Scheibe aus Kunststoff, der Deckel einer Kiste. Er war es, der mich über Wasser hielt. Hätte ich schwimmen müssen, wäre ich binnen Kurzem ertrunken.

Wahrscheinlich war es Kramer, der mich ins Meer beförderte. Vielleicht in dem Glauben, ich sei schon tot. Vielleicht hat er sich unser beider entledigt, auf diese Art.

Aber er ist es, der ertrunken ist, nicht ich.

Ob das Boot an Riffen oder an der Küste zerschellt ist, ob es gekentert und gesunken ist oder aufgegeben werden musste, ich werde es nie erfahren. Auch nicht, ob der Steward zu diesem Zeitpunkt noch an Bord war.

Kramer hat meine Sachen genommen. Die Jacke, die Brieftasche, die Mundharmonika. Und hat mich über Bord geschmissen. Selbst wenn er zunächst dachte, ich sei tot – als er mir die Sachen wegnahm und mich ins Meer wuchtete, muss er gemerkt haben, dass ich noch lebte.

Und jetzt verfolgt er mich.

Aber in diesen Nächten am Feuer dämmert mir irgendwann, dass ich im Begriff stehe, den Verstand zu verlieren, einer Hysterie zu verfallen, die vielleicht eine Art Notwehr meiner Psyche ist. Oder bloß eine Falle, in die jeder gerät, der auf sich allein gestellt dem Untergang entgegensieht. Irgendwo in mir ist dieser Rest Vernunft, der mich immer gerettet und bewahrt hat, mein Leben lang. Wie eine Stimme, die mir sagt, wie die Dinge eigentlich sind. Selbst wenn es noch so wenig danach aussieht.

Es gibt Momente, da ist es mir ganz gleich, was mit mir passiert. Ob ich den Verstand verliere. Meinetwegen. Warum auch nicht? Vielleicht ist das die Erlösung. Denn es reihen sich Wochen an Wochen, Monate an Monate. Als ich mich umschaue, ist es später Herbst. Frostige Nächte haben eingesetzt, die Vegetation der Insel ist braun und welk, kaum ist noch Grün zu sehen.

Dann zieht Sturm auf. Ein gewaltiger, bedrohlicher Sturm. Tagelang fegt er über die Insel. Ich verkrieche mich in meinen Fellen und dem Heu, das ich zusammengetragen habe, verkrieche mich wie ein Igel und warte. Werde winzig klein in den Naturgewalten. Es dauert grausam lange, ehe der Sturm endlich abklingt.

Ich sitze draußen vor meiner Hütte und begreife, dass es niemanden auf diesem Stück Land gibt außer mir. Dass Kramer tot ist. Von Fischen und Krebsen gefressen, im Meerwasser aufgelöst. Ich schaue mich um, und mein Verstand ist auf einmal klar. Glasklar. Von einer beängstigenden Klarheit, einer Klarheit, die mir größer und vollkommener erscheint als je zuvor in meinem Leben. Als hätte dieser Sturm etwas von der Insel und aus meinem Verstand fortgeblasen, wie einen Schleier. Plötzlich begreife ich, was allein wichtig ist. *Wenn du jetzt nicht all deine Sinne zusammenhältst und alle denkbaren Anstrengungen unternimmst, wirst du die nächsten Wochen hier nicht überleben!*

In den folgenden Wochen ist das Beschaffen und Konservieren von Nahrung mein einziges Bestreben. Gerade noch rechtzeitig. Ich sammele Feuerholz, lege einen Vorrat an. Noch einmal mache ich meine Hütte wetterfest, bedecke sie mit immer weiteren Schichten ineinander verflochtener Blätter und Zweige, schütte mühsam einen Erdwall auf, an der Wetterseite. Die Luft wird kalt, es riecht nach Schnee, ich arbeite gegen die Zeit.

Und eines Morgens ist alles weiß. Eine erste, dicke Schneedecke. Der Winter ist da, endgültig.

In der Winterlandschaft drückt die Einsamkeit noch mehr. An klaren Tagen stehe ich auf den Felsen am Ostufer, die alles sind, was die Insel an Erhebung aufzuweisen hat, und schaue übers Meer in Richtung Horizont. Dorthin, wo manchmal die Kontur eines flachen Landes erscheint. Wenn es dieses tatsächlich gibt, wie groß mag die Entfernung sein?

Von Anfang an habe ich gemerkt, dass eine starke Strömung die Insel umgibt. Eine Strömung, die einen Schwimmer schnell mitreißen und ins offene Meer ziehen würde. Schon beim Hinauswaten in die Bucht, um das Fischernetz auszulegen, habe ich den Sog bemerkt, und bei einem einzigen Bad im Meer an einem der letzten warmen Tage kam ich ein erschreckend großes Stück windwärts wieder an den Strand, vielleicht zweihundert Meter entfernt von dort, wo ich ins Wasser gestiegen war.

Doch führt diese Strömung in die falsche Richtung. Aufs offene Meer hinaus und weg von der vermeintlichen Küste des Landes in der Ferne. Natürlich habe ich hundert Mal daran gedacht: ein Floß zu zimmern und damit den Versuch einer Überquerung zu wagen. Doch es ist ganz und gar aussichtslos. Die Strömung ist so stet und so stark, dass ich niemals ernsthaft in Versuchung komme, dieses Unternehmen anzugehen.

Eines Morgens, als die Insel bereits in Schnee und Eis erstarrt, höre ich seltsame Geräusche, die der Wind mir zuträgt. Sie klingen abwechselnd wie Rufe und wie das

Aufheulen von Maschinen. Als ich ihnen nachgehe, wird mir bald klar, was das ist. Es sind die Robben.

Dicht an dicht bevölkern sie den Strand an der Außenseite des Halbmondes, den die Insel bildet. Hunderte von Tieren. Der Lärm, den sie verursachen, wird aus der Nähe ohrenbetäubend. Ich gewöhne mich daran, in den darauffolgenden Wochen.

Nie mache ich Jagd auf sie, wie ich es mir ursprünglich ausgemalt habe. Wie sollte ich sie töten, wie verwerten? Ich brauche kein Fett und kein Öl, woraus sie hauptsächlich bestehen, der Schein des Feuers genügt mir als Lichtquelle. Ich lebe von meinen Vorräten an getrocknetem Fisch, manchmal gelingt mir ein frischer Fang. Es ist eine denkbar eintönige Ernährung, sie ödet mich an. Doch ich bin genügsam geworden. Die Einsamkeit, die Kälte, die Naturgewalten haben mich klein werden lassen und bescheiden.

Der Winter geht vorüber, in erschreckender Langsamkeit. Als er vorbei ist und die Insel zu neuem Leben erwacht, glaube ich zu wissen, dass ich einen weiteren nicht überleben werde. Weniger wegen der Ernährung. Deshalb auch. Aber eher, weil ich um meinen Verstand fürchten muss. Ich habe an langen, stürmischen Wintertagen und in eiskalten Nächten, die sich manchmal scheinbar endlos aneinanderreihten, Strategien entwickelt, meinen Verstand zu beschäftigen. Habe mir Geschichten ausgedacht, mir die Romane und Filme meiner Vergangenheit in Erinnerung gerufen, minutiös, habe die Erinnerungslücken ausgefüllt mit notdürftigen Überleitungen. Habe

Holzstückchen zu Schachfiguren erkoren, sie mit Kerben versehen, mir ein Spielbrett in den nackten Erdboden gemalt. Ich habe andere Spiele erfunden, mit einem Parcours aus kleinen Feldern und Steinen als Spielfiguren, habe mit einem Set aus gekerbten Stäbchen einen Würfel ersetzt und stundenlang, ganze Tage lang gespielt. Sinnlos gespielt. Mit mir selbst und mit imaginären Partnern. Mit Kramer und dem Steward. Und dem Mädchen.

Ich habe von dem Mädchen geträumt. Ich habe sie vor mir gesehen. So blond und so jung, wie sie war. Ich habe ihr einen Namen gegeben. Louise. Das hätte zu ihr gepasst. Ich habe gegen Kramer um Louise gespielt. Wenn ich zurücklag, hoffnungslos, spielte ich so lange weiter, bis sie mir gehörte. Sie lächelte. Und die Angst und die Starre waren aus ihrem Gesicht verschwunden.

Es ist Frühling, und ich weiß, ich muss den Sommer nutzen, um zu entkommen. Ich bin abgemagert, dürr, fast ausgezehrt. Ich esse die Blätter einer farnartigen Pflanze, die süß schmecken. Sie scheinen mir wenigstens nicht zu schaden. Ich grabe Wurzeln aus. Ich halte Ausschau nach dem fernen Land.

Die Robben sind wieder fort. Ich spiele auf der Mundharmonika, wie schon den ganzen Winter über. Sie hat gelitten, das Meerwasser, die Luft haben ihr zugesetzt. Es klingt grauenvoll, aber es ist wenigstens Musik.

Die Erbauer der Hütten kehren nicht zurück. Nicht in diesem Sommer und nicht im nächsten. Auch nicht in den darauffolgenden Jahren. Die Robben kommen und gehen. Die Vögel kommen und gehen. Nisten hier. Die silbernen

Fische ziehen durch die Bucht, gehen mir ins Netz. Ich sehe das Land auf der anderen Seite, so unendlich fern, an manchen, an so wenigen Tagen. Es ist unerreichbar für mich.

Ich fühle mich schwach. Ich bin nur noch Haut und Knochen. Habe nicht mehr die Kraft, mich lange auf den Beinen zu halten. In meinem Kopf, in meinen Gliedern ist ein Schmerz, der immer wiederkehrt.

Kaum noch finde ich Nahrung, und kaum noch habe ich die Kraft, sie mir zuzuführen. Mein Feuer ist ausgegangen. Vor langer Zeit schon. Es ist kalt und dunkel geworden in meiner Hütte.

Aber was macht das jetzt noch für einen Unterschied? Es kommt jetzt nicht mehr darauf an.

*Du wirst sterben*, sagt eine Stimme in mir. *Wenn du es nicht wagst, wirst du sterben. Willst du das?*

Es ist Louises Stimme. Ich gehe zu dem Grab, das ich für sie geschaufelt habe, irgendwann. Ein flacher Hügel. Auch für Kramer habe ich eins gemacht. Schließlich muss man die Toten doch begraben.

Wie soll ich das schaffen, frage ich mich.

*Du musst*, sagt mir die Stimme. *Geh einfach los. Wenn man nur will, kann man alles schaffen! Tust du es nicht, wirst du hier sterben. Du hast keine Wahl.*

Ja, ich muss den Versuch wagen, den Ozean zu überqueren, dorthin, wo die Küstenlinie sich abzeichnet. Ich habe kein Boot, und ich habe kein Floß, aber ich muss hinüber. Ich muss. Ich werde all meine Kräfte zusammennehmen. Ich weiß, dass ich es kann.

Wenn man nur wirklich will, kann man alles schaffen.

Ich mache mich auf zum Robbenstrand, wo die Felsen aufragen, und schaue hinüber, zum Horizont. Das Land ist dort ganz deutlich zu sehen.

Ich blicke zurück auf die Insel, die meine Heimat gewesen ist, für viele – wie viele? – Jahre. Ich werde alles zurücklassen – die Hütte, die verrostete Mundharmonika, die beiden Gräber. Ich gehe.

Ich gehe über das Wasser.

Es ist ganz leicht. Ich gehe Stunden, viele Stunden, scheinbar endlos, bis die Zeit verschwimmt. Gehe immer weiter.

Als Sturm aufkommt und die ersten Böen an meinen Haaren zerren, breite ich meine Flügel aus.

# DIE SIEBTE INSEL

Am Ufer der siebten Insel, auf der ich strande, weht eine deutsche Fahne.

Ich versuche mit letzter Kraft, das noch fehlende Stück zum rettenden Strand zu kraulen, wo ein Mann steht und mir zuruft:

»Mann, können Sie nicht lesen? Hier ist Schwimmen strengstens untersagt!«

# DIE ACHTE INSEL

Dreimal kamen in all den Jahren Schiffe hier an, und dreimal habe ich mich verborgen gehalten, bis sie wieder fort waren. Habe mich im felsigen Gelände im höher gelegenen Teil der Insel versteckt und von dort aus alles beobachtet. Wenn die Schiffe wieder abgelegt hatten, ging ich zurück und bezog erneut mein »Krähennest« in den Bäumen oder einen der Lagerplätze.

Das erste Mal blieben sie nicht länger als einige Stunden. Waren offenbar nur an Land gegangen, um sich mit Wasser zu versorgen und sich ein wenig umzusehen, ein Boot voll mit Männern und Frauen von einer Jacht, die in der großen Bucht vor Anker lag.

Beim zweiten Mal hatte ich sie nicht kommen hören. Plötzlich waren ihre Stimmen schon ganz nah, und zwischen den Bäumen tauchten dunkelhäutige Männer auf. Sie waren mit einem uralten Frachtdampfer gekommen, ein Museumsstück, über und über rostig, dem man nicht mehr eine einzige Fahrt zutrauen mochte, nirgendwohin. Sie schlugen in der Bucht ein Lager auf, entzündeten ein großes Feuer, gingen anderntags auf die Jagd und durchkämmten die ganze Insel. Es kostete mich einige Manöver, ihnen unentdeckt zu entkommen. Die verkohlten Überreste des Feuers und der zurückgelassene Müll waren wie die Zeichen einer Schändung, ebenso wie ihre lautstarken Unterhaltungen, die unter dem Einfluss von Alkohol in ein Geschrei und in Gesänge ausgeartet waren. Auch nachdem ich alle Spuren gewissenhaft beseitigt hatte, ging ich lange nicht an den Strand der großen Bucht, erst wieder im darauffolgenden Sommer.

Beim dritten Mal blieben die Ankömmlinge lange auf der Insel. So lange, dass ich schon dachte, sie wollten gar nicht mehr gehen. Zwei Wochen lang musste ich mich verborgen halten. Bis sie es endlich aufgaben, die Reparaturen an ihrem Schiff selbst vorzunehmen – was offensichtlich zu nichts geführt hatte –, und über Funk Hilfe anforderten. Zwei Tage später ging ein Wasserflugzeug in der großen Bucht nieder. Das Boot wurde so weit instand gesetzt, dass es weiterfahren konnte, aber die blonde Frau bestieg mit einem der Männer das Flugzeug, das nach dem Start noch zweimal über der Insel kreiste und dann in Richtung der vorgelagerten Felsen davonflog.

An einem Abend war sie plötzlich da gewesen. Ich musste wohl eingeschlafen sein, wie ich dagesessen hatte, an einen Baum gelehnt. Als ich die Augen öffnete, sah ich, dass die Sonne gerade unterging. Und dass sie dastand. Diese Frau. Sie stand da und starrte mich an. Erschrocken schoss ich in die Höhe und starrte zurück.

»Wo kommen Sie denn her?«, sagte sie. »Sie haben mich zu Tode erschreckt.«

Es war Englisch, mit diesem unverkennbaren australischen Akzent.

Ich überlegte, ob ich fortlaufen oder bleiben sollte. Ein Lauf in die Büsche, und sie hätte mich niemals einholen können, so wie ich die Insel bis in jeden Winkel kannte.

Aber was hätte es mir genützt? Dann hätten sie keine Ruhe gegeben, bis sie mich aufgespürt hätten.

»Leben Sie hier – auf dieser Insel?«, fragte sie unterdessen und musterte mich nochmals eingehend von Kopf bis Fuß. Meine völlig abgerissene Kleidung, mein Zustand schienen ihr die Frage zu beantworten.

Ich nickte bloß. Trat einen Schritt zurück, wohl um ihr zu zeigen, dass sie keine Angst zu haben brauchte. Aber sie hatte keine.

»Wir sind seit Tagen hier. Wo sind Sie gewesen? Wir sind die ganze Insel abgegangen und haben niemanden gesehen.«

Ich stand da und brachte kein Wort heraus. Zuckte bloß mit den Schultern. Und ließ mich auf den Knien im Sand nieder. Sie zögerte, doch dann tat sie es mir gleich.

»Sie sehen ziemlich übel aus«, sagte sie. »Geht es Ihnen gut?« Und, als ich nicht antwortete: »Kommen Sie mit auf unser Schiff. Dort gibt es etwas zu essen. Und Kleidung. Und etwas für Ihre Wunden.«

Sie hatte eine gute Seele. Ich konnte sie spüren. Hatte sofort Vertrauen zu ihr. Sie war noch jung, vielleicht Anfang dreißig, eine große Frau mit langen blonden Haaren, leicht gebogener Nase und schönen, tiefblauen Augen. Ihre Haut war ganz hell. An dem Ausschnitt, den das offene weiße Hemd bildete, zeigten sich Sommersprossen.

»Kommen Sie«, sagte sie. »Ich führe Sie hin.« Sie machte eine einladende Bewegung mit der Hand.

Ich schloss die Augen. Und in dem Dunkel erschienen wie von selbst die Bilder. Vielleicht, weil ihre Stimmen einander so ähnlich waren. Ganz hell und sanft.

»Sprechen Sie weiter!«, sagte ich.

»Bitte?«

»Sprechen Sie einfach weiter. Sagen Sie etwas. Irgendetwas.«

Sie sprach, aber ich hörte ihr nicht genau zu. Horchte nur auf ihre Stimme. Sie war so angenehm wie sacht fließendes Wasser, wie ein plätscherndes Rinnsal.

Vielleicht habe ich lange so dagehockt. Plötzlich spürte ich eine Berührung am Arm. Als ich die Augen öffnete, war sie mir ganz nah. Ich blickte in ihre leuchtend blauen Augen.

»Ich kann Ihren Schmerz sehen«, sagte ich.

Sie starrte mich an, ihre Augenbrauen senkten sich leicht. Irritiert und verunsichert, wusste sie nicht, was sie darauf sagen sollte.

»Meinen Schmerz?«, fragte sie schließlich.

»Sie haben Ihr Kind verloren. Ich kann es sehen. Ein Mädchen. Ihre Tochter.«

Da sie zurückwich, schüttelte ich sacht den Kopf. »Nein, keine Angst«, sagte ich. »Es tut mir leid. Ich habe nur Ihren Schmerz gesehen. Er ist tief drin in Ihren Augen.«

In diesen Augen, die jetzt ein wenig feucht wurden von aufsteigenden Tränen.

»Nicht weinen«, sagte ich. »Es tut mir leid. Ich konnte es

nur so deutlich sehen. Ihre Augen sprechen davon. Wussten Sie, dass Augen sprechen? Ich meine: mehr, als man so redensartlich sagt. Früher wusste ich nicht, was Augen alles erzählen. Merkwürdig, nicht? Wir haben sie doch zum Sehen, und wir sehen ständig damit, aber trotzdem sehen wir gar nicht richtig hin. Vieles ist so klar, und wir sehen es einfach nicht.«

Sie stand auf, und ich folgte ihrem Beispiel.

»Sind Sie hier gestrandet?«, fragte sie. »Wie lange leben Sie schon hier?«

»Es müssen jetzt acht Jahre sein.«

»Acht Jahre allein auf dieser Insel? Sie sind seit acht Jahren hier? Aber hier ist doch nur … absolute Wildnis.«

Sie starrte mich an, immer forschender. Ihr Blick wurde heller, aufmerksamer, verständiger.

»Warum haben Sie sich vor uns versteckt? Sie hätten doch zu uns kommen können. Hatten Sie Angst?«

»Nein«, sagte ich. »Ich wollte nicht, dass Sie mich entdecken. Und ich will es auch jetzt nicht. Glauben Sie …?«

»Was?«

»Glauben Sie, Sie könnten einfach zurückgehen und so tun, als hätten Sie mich nicht gefunden? Würden Sie mir diesen Gefallen tun?«

Ihre Augen waren voller Unverständnis.

»Aber warum, um Gottes willen? Wollen Sie denn nicht zurück? Sie müssten doch froh darüber sein, dass jemand Sie hier findet. Und Sie mit zurücknimmt.«

Ich konnte nicht widerstehen, die Augen zu schließen, während sie sprach. Ich konnte einfach nicht widerstehen!

»Das müsste ich wohl«, sagte ich. »Aber auch wenn Sie das nicht verstehen: Ich will nicht, dass mich hier jemand findet. Dass jemand weiß, dass ich hier bin. Sie dürfen es niemandem erzählen.«

Ich öffnete die Augen, und fast erwartete ich, dass sie fort wäre. So, als wäre sie nie hier gewesen. Als begänne das wieder: Dinge zu sehen, die es gar nicht gab. Stimmen zu hören, die nicht existierten. Rufen nachzugehen, die nie erfolgt waren. Aber sie stand noch vor mir, blickte mir tief in die Augen, sehr tief, mit den zusammengezogenen Brauen, die sie immer hatte, wenn sie sich auf etwas konzentrierte.

Das Schweigen dauerte lange. Es dauerte so lange, dass währenddessen im Universum Welten entstanden und andere vergingen. Bis der Kosmos einmal seine gigantische Schleife gedreht hatte und wir uns selbst eingeholt hatten und wieder genau so dastanden wie beim letzten Mal. Wie wir immer wieder dastehen würden, bis in alle Ewigkeit, immer dann, wenn wieder einmal viele Trillionen Jahre vergangen waren. Sie würde wieder und wieder kommen und mich hier finden. Würde mir immer wieder so in die Augen sehen, so forschend, so eindringlich. So verstehend.

»Auch Sie haben einen großen Verlust erlitten«, sagte sie endlich, leise.

Ich weiß noch, wie überrascht ich war, denn darauf war ich nicht gefasst gewesen.

»Sie haben sehr schnell gelernt«, sagte ich. »Sehr, sehr schnell. Wissen Sie, ich habe all die Jahre gebraucht, all die Jahre der Einsamkeit, um meine Sinne zu schärfen und meine Wahrnehmung zu verändern. Nur weil mir das gelungen ist, habe ich hier überlebt. Ich empfinde die Insel wie ein lebendes Wesen, wie einen ständig im Werden und Vergehen begriffenen Organismus. Der Ablauf der Tage und Nächte mit all seinen kleinen Nuancen ist mir so vertraut. Ich habe gelernt, die aufkommenden Stürme und die Wetterwechsel vorauszuspüren. Den Gang der Dinge hier, diesen winzigen Ausschnitt der Ewigkeit. Und ich habe gelernt, im Nachhinein die Dinge zu verstehen. Was andere zu mir sagten und was ihre Augen dazu sprachen. Wenn Menschen sprechen, müssen Sie ihnen wachsam in die Augen sehen. Darin ist die Wahrheit immer zu lesen. Nur weil wir so ungeübt sind und nie Zeit haben, darauf zu kommen, wissen wir es nicht. Ob Sie es glauben oder nicht, aber zwischen Menschen kann es einen Zeitpunkt geben, von dem an sie nicht mehr mit Worten zu kommunizieren brauchen, sondern nur noch mit Blicken. Und sie können sich damit alles sagen. Alles, was sie wollen. Ich habe in den vergangenen Jahren viel Zeit gehabt, die Dinge neu zu ordnen. Und zu verstehen. Sehr, sehr viel Zeit.«

Wie das in diesen Breiten so ist, wurde es mit einem Mal dämmerig. Der Tag ging zu Ende.

»Die Sonne ist schon untergegangen«, sagte sie. »Ich möchte Sie nicht unterbrechen, aber …«

»Ja, ich rede wie ein Wasserfall. Das wird Sie vermutlich wundern. Wo ich doch so viele Jahre ganz allein gewesen bin. Ich gebe zu, dass ich in all der Zeit Selbstgespräche geführt habe. Das habe ich immer schon getan, schon als

Kind. Selbst in anderen Sprachen, die nicht meine Muttersprache sind. Das ist eine gute Übung.«

»Eine gute Übung wofür? Doch wohl nur für die Rückkehr in die alte Welt, eines Tages. Ansonsten hätte das alles doch gar keinen Sinn.«

»Rückkehr ist ein gutes Stichwort«, sagte ich. »Sie sollten zurückgehen zu Ihren Leuten. Es wird dunkel. Man wird Sie bestimmt bald suchen.«

Aus der Tasche ihrer grauen Hose erklang genau in diesem Moment eine Melodie, sie holte ein winziges Telefon heraus, drückte eine Taste und brachte es an ihr Ohr.

»Alles in Ordnung«, sagte sie nach einigen Sekunden. »Ich gehe noch ein bisschen in der Dämmerung herum. Brauche mal etwas Zeit für mich. – Unsinn! Sei nicht albern. Was soll mir hier schon passieren! – Wobei ich mich frage« – sie hatte das Gespräch bereits beendet –, »ob ich auch im Dunkeln den Weg zurück finde.«

»Machen Sie sich keine Sorgen. Ich kann Sie zurückführen. Außerdem geht dort hinten jeden Augenblick der Mond auf. Er ist fast voll. Und … es ist nett, dass Sie mich nicht verraten haben. Dann können Sie jetzt anfangen mit Ihrem Versuch, mich zu überreden. Oder es sich vielleicht besser sparen. Denn ich komme nicht mit. Ich bleibe hier.«

Sie sagte zunächst nichts, und ich wies mit dem Arm übers Meer, dorthin, wo der helle Rand einer Kugel sichtbar wurde, die erstaunlich schnell – immer noch erstaunlich, nach all den Jahren – aus dem Wasser zu steigen schien. Es muss für sie fast so ausgesehen haben, als ob es auf meinen Wink hin geschah.

Sie fragte mich nach meinem Namen. Ich sagte ihr einen, aber er war erfunden, und hätte sie mir in die Augen gesehen, hätte sie es vielleicht gewusst. Aber wir standen nebeneinander, als wir so aufs Meer hinausblickten.

»Warum schließen Sie die Augen, wenn ich spreche?«, fragte sie nach einer Weile, in der ich mich fragte, wie sie so still dastehen konnte. So als würden wir uns schon seit zwanzig Jahren kennen, und das alles hier wäre ganz gewöhnlich. »Erinnere ich Sie an sie?«

»Sie sind ganz anders als sie. Deshalb schließe ich die Augen. Weil nur die Stimme so ähnlich ist. Es ist unglaublich, Sie sprechen fast genauso wie sie.«

»Wann ist es passiert?«

»Drei Jahre nachdem wir hier gestrandet sind.«

»Gibt es ein Grab?«

»Es gibt eine Stelle, die nur ich finden kann. Nur ich allein.«

»Und würden Sie mich hinführen? Es … es wäre mir eine große Ehre.«

»Ja«, sagte ich. »Kommen Sie.«

In den folgenden Tagen brachte sie mir Proviant. Lauter Dinge, die ich seit vielen Jahren nicht mehr gesehen, geschweige denn gegessen hatte. Brot! Nudeln! Kartoffeln, einen ganzen Sack. Reis.

»Werden die nicht merken, dass Sie all das abzweigen?«

»Nein. Vielleicht werden sie sich bald wundern, warum die Kartoffeln so schnell verbraucht waren, aber weiter wird das niemanden kümmern. Und Sie werden noch einen kleinen Vorrat haben. Vielleicht gelingt es Ihnen sogar, die anzupflanzen. Fruchtbar ist es hier ja.«

Sie brachte mir Wein. Mehrere Flaschen. Ein Messer. Kleidung. Eine Decke. Bücher! Nachdem sie mich gefunden hatte, blieben sie noch einige Tage. Sie kam oft in die kleine Bucht, und ich wusste immer, wann sie dort war.

Manchmal unterhielten wir uns. Aber sie stellte nicht viele Fragen.

Irgendwann kam sie zum letzten Mal, und ich wusste es. Sie stand da und blickte mich an. Wollte etwas sagen, wollte die Frage stellen, die jetzt – noch einmal – unvermeidlich war, aber da sie die Antwort kannte, schwieg sie. Wir schwiegen beide, sagten kein Wort. Zum Abschied nahm sie mich in den Arm und küsste mich auf die Wange. Wir hatten den Punkt erreicht, an dem Worte unnötig waren und es genügte, uns in die Augen zu blicken. Ihre Augen waren feucht, aber ich lächelte. Ich wusste ja, sie würde wieder und immer wieder kommen im Kreislauf aller Dinge, und wir würden immer wieder so dastehen. Und ich konnte sie sprechen hören, mit geschlossenen Augen.

Das Flugzeug kreiste noch zweimal über der Insel, dann war es verschwunden. Als auch das Schiff davonfuhr, war ich endlich wieder allein.

# DIE NEUNTE INSEL

Kann ich mal Ihre Papiere sehen?«

»Papiere? Habe ich nicht.«

»Keine Papiere?«

»Nein.«

»Also hören Sie mal … Sie müssen doch Papiere haben.«

»Nein. Ich habe keine.«

Der Mann ist vielleicht gut. Sitzt an seinem Schreibtisch in seinem schmucklosen kleinen Büro – vor einer Schreibmaschine! – und verlangt von mir Papiere.

»Wieso haben Sie keine Papiere?«

»Die sind auf dem Boot geblieben. Ich sagte doch schon, ich bin hier gestrandet.«

»Ja, ja, das sagten Sie schon.«

»Also, wie soll ich da Papiere haben?«

»Das heißt also, Sie haben Ihre Papiere verloren?«

»Ja, sozusagen.«

Er schreibt »Pa-pie-re ver-lo-ren«.

Die Schreibmaschine klappert ohrenbetäubend. Sieht für mich aus wie ein Museumsstück. Da er mit einem einzigen Finger tippt, dauert es jeweils geraume Zeit, bis er fertig ist. So finde ich immer wieder Gelegenheit, mich umzusehen. Oder mir den Mann anzuschauen, der vor mir sitzt. Ein sehenswerter Anblick ist das aber nicht. Ein kleiner, rundköpfiger Beamter mit einer schwarz umrandeten Brille und einem Grübchen im Kinn. Ich schätze ihn auf ungefähr fünfzig. Da schiele ich lieber nach der schwarzhaarigen Schönheit mit der üppigen Haarpracht im Vorzimmer. Die Wände sind halb verglast wie in einer Zeitungsredaktion, deshalb kann man sie sehen. Jedenfalls teilweise.

»Also keine Papiere …«

»Nein.«

Wie oft denn noch?

»Pass? Personalausweis? Aufenthaltsgenehmigung? Irgendwas?«

»Nein!«

»Nicht mal ein Führerschein?«

Nicht mal den Fahrtenschwimmerausweis kann ich dir zeigen, du dämlicher Hund! Ich habe nämlich keinen. Ich bin ein lausiger Schwimmer und kann von Glück sagen, dass ich diese Luftmatratze zu fassen kriegte.

»Hm. Nicht die geringsten Papiere.«

Wenn ich noch einmal das Wort Papiere höre, dann passiert irgendwas!

»Wie sollen wir Sie dann identifizieren?«

»Überhaupt nicht.«

»Ja, eben! Wissen Sie, was das heißt?«

Während ich versuche, mir die ungeheuren Konsequenzen auszumalen, höre ich ihn sagen: »Gibt es irgendjemanden, der Ihre Identität bestätigen kann?«

»Nein, niemanden. Es war ja niemand bei mir, als ich gestrandet bin. Ich war ganz allein.«

Ja, mutterseelenallein auf dem weiten Ozean! Das ist ein Gefühl, auf das ich wirklich hätte verzichten können. Man wird von den Wellen herumgeworfen und sieht nichts als Wasser. Ich bin mir noch nie im Leben so klein vorgekommen.

»Warum sind Sie denn ausgerechnet hier gestrandet?«

Na, jetzt schlägt's aber dreizehn! Glaubt der, ich habe mir das ausgesucht? Ich war heilfroh, als mir diese Insel in den Weg kam, mit deren Auftauchen ich nicht im Entferntesten zu rechnen gewagt hatte.

»Es war die einzige Insel, die da war«, sage ich. Wahrheitsgemäß. »Jedenfalls habe ich nur diese gesehen.«

»Sehr komisch! Sie behaupten also, hier gestrandet zu sein …«

Moment mal … behaupten? Was meint der denn mit »behaupten«?

»Was meinen Sie denn mit ›behaupten‹? Glauben Sie, ich hab's erfunden?«

»Ich weiß nur, dass Sie hier auftauchen und mir erzählen, Sie seien gestrandet. Kann das jemand bestätigen?«

Also, das ist doch …!

Mir verschlägt es wirklich die Sprache. Allein schon, weil mir dämmert, was ich gleich antworten muss.

»Also, ja oder nein?«

»Nein.«

»Was heißt das, nein?«

»Nein heißt nein.«

»Und warum nicht?«

»Weil niemand bei mir war. Sagte ich doch schon.«

»Hat Sie denn niemand aus dem Wasser gezogen? Das ist es doch, was normalerweise mit Gestrandeten geschieht.«

»Mit mir aber nicht. Ich bin … einfach so an Land gegangen.«

»Einfach so an Land gegangen?«

»Ja. Weil niemand da war. Es war niemand am Strand, als ich … als ich ankam. «

»Sie wurden also an einem menschenleeren Strand angeschwemmt, wo niemand war? Und wo genau soll das gewesen sein, bitte sehr? Diese Insel ist nämlich sehr klein, und wir haben hier gar keine einsamen Strände.«

»Na, es war halt irgendwo. In irgendeiner Bucht. Wo genau, weiß ich auch nicht mehr. Und wenn jemand da war, dann habe ich ihn jedenfalls nicht sehen können. Es war nämlich Nacht. Es war alles dunkel.«

»Im Klartext heißt das, niemand kann bezeugen, dass Sie hier gestrandet sind.«

»Ich wusste nicht, dass man dafür Zeugen braucht.«

»Hören Sie auf mit diesen dummen Bemerkungen! Und versetzen Sie sich stattdessen mal in meine Lage!«

Wie wär's, wenn der sich mal in meine versetzte!

»Sie kommen hier herein und behaupten, Sie seien gestrandet. Aber alles, was ich sehe, ist ein Mann, dessen

Kleidung zwar nicht im besten Zustand ist, der aber so weit ganz passabel aussieht.«

Das ist es: Ich hätte mir die patschnassen Kleider zerreißen müssen, als ich an Land kam!

»Nass sind Sie auch nicht!«

»Weil ich inzwischen wieder trocken bin. Jedenfalls leidlich. Diese Leute … ja, die Leute, bei denen ich die Nacht verbracht habe, die können alles bestätigen! Ich kam zu einem Haus und habe dort so lange geklopft, bis jemand öffnete, und die Dame, die öffnete, sagte irgendwas von Jesusmariaundjosef und hat, glaube ich, noch ein paar Heilige aufgezählt, die mir entfallen sind …«

»Wir sind hier sehr religiös!«

»… und dann hat sie mich hereingeholt und mich auf einer alten Matratze schlafen lassen und meine Kleider getrocknet. Heute Morgen waren sie jedenfalls trocken. Und ich habe sie angezogen und bin hierhergekommen. Habe mich durchgefragt, und hier bin ich.«

»So, so. Wenn ich es recht verstehe, gibt es auf unserer Insel eine alte Dame, die bezeugen kann, dass Sie mitten in der Nacht bei ihr geklopft haben. Das ist nämlich – genau genommen – alles, was sie bezeugen kann!«

»Und dass ich nass war!«

»Wissen Sie, wie die Dame heißt¿«

»Warten Sie … María! Sie heißt María!«

»So, so, María. Hat sie vielleicht auch einen Nachnamen¿«

»Den weiß ich nicht. Tut mir leid.«

»Wissen Sie denn noch, wo es war¿«

»Vielleicht würde ich es noch wiederfinden.«

»Das könnte die Dinge etwas erleichtern. María heißt hier nämlich jede zweite Frau!«

Ich verstehe überhaupt nicht, warum der glaubt …

»Ich verstehe überhaupt nicht, warum Sie glauben, ich erfinde diese ganze Geschichte!«

»Das habe ich nicht gesagt.«

»Na, Ihre Fragen hören sich aber so an!«

»Schließlich könnte hier jeder reinkommen und behaupten, er wäre an Land gespült worden. Woher soll ich wissen, ob das stimmt? Wenn es keine Zeugen gibt. Und keinerlei Papiere.«

»Sie können doch sicher meine Identität überprüfen, in meinem Heimatland.«

»Ach, Sie meinen, Sie nennen mir irgendeinen Namen, vielleicht den Namen irgendeiner Person, die Sie kennen, und dann sagt man mir, dass es diese Person gibt, und schon stelle ich Ihnen Papiere aus. Oder wie?«

»Sie sollen mir ja gar keine Papiere ausstellen.«

»Aber Sie haben doch keine!«

Himmelherrgottnochmal! Papiere, Papiere, Papiere!

»Man kann Ihnen doch zu Hause sicher meine Identität bestätigen. Alle Daten schicken. Per E-Mail. Oder … äh … per Fax.«

»So was haben wir hier nicht.«

Da verschlägt es mir doch glatt wieder die Sprache.

»Sie haben kein Fax? Auf der ganzen Insel nicht?«

»Hören Sie mal«, sagt er und beugt sich vor. »Dies hier ist ein sehr kleiner Inselstaat. Sehr weit entfernt von Europa und Amerika und überhaupt von allen Kontinenten. Wir sind gerade erst unabhängig geworden. Mag ja sein, dass Ihre Länder viel Geld haben und sich alles leisten können und technisch auf dem allerneuesten Stand sind, aber hier ist das anders. Hier ist die andere Seite der Welt!«

Meine Länder! Glaubt der, ich habe gleich mehrere?

»Vielleicht ... könnten Sie ja einen Brief schreiben ...« Oder Brieftauben losschicken, denke ich. Will der mich eigentlich verarschen?

Auf meine letzte Bemerkung hat er gar nicht erst reagiert. Jedenfalls nicht direkt. Señor Dormilón – das entnehme ich dem Schild auf seinem Schreibtisch – drückt auf eine Taste und sagt etwas in ein kleines Gerät, und ich staune schon über die technischen Errungenschaften dieses Inselstaates. Von dem ich noch nicht mal weiß, wie er heißt. Wo bin ich denn hier überhaupt?

Über dem Schreibtisch, an der Wand hinter dem Mann, hängt eine Fahne. Eine blaue Fahne mit einem runden weißen Feld in der Mitte, und darin ist eine Kokosnuss abgebildet.

Allmächtiger!

Der Mann flucht und schlägt mit der Faust auf das Gerät, das offenbar nicht funktioniert, und sein wütendes Gebrabbel übersteigt meine Spanischkenntnisse. Dann steht er auf und geht zur Tür, wo er irgendeine Anweisung erteilt.

Kurz darauf erscheint die rassige Frau mit der schwarzen Haarpracht und stellt Gläser vor uns auf den Schreibtisch.

Eins für den Herrn und eins für mich. Sie lächelt mich an. Ich glotze ihr nach und setze das Glas an die Lippen – und kriege nach dem ersten Schluck sofort einen Hustenanfall. Das Zeug schmeckt süßlich und sehr stark, und binnen einer Sekunde hat man im Mund keinerlei Gefühl mehr.

»Fassen wir zusammen«, sagt der Administrator, der sein Glas ungerührt halb ausgetrunken hat. »Sie behaupten, hier gestrandet zu sein. Sie sind aber nicht an Land gezogen worden. Sind nicht nass. Und, wie ich sehe, auch nicht sonderlich erschöpft.«

Ich werde mir alles merken und bei meiner nächsten Strandung bestimmt durchnässt, mit Tang behangen, halb nackt auf allen vieren die Behörden aufsuchen.

»Ich musste ja auch nicht schwimmen«, sage ich.

»Ach, schwimmen mussten Sie auch nicht? Das ist aber ein merkwürdiger Schiffbruch! Sind Sie in einem Rettungsboot gekommen?«

»Nein.«

»Und warum mussten Sie dann nicht schwimmen?«

»Ich hatte ja die Luftmatratze.«

Er blickt mich an, und für einen Moment sieht es so aus, als täte er gleich etwas Fürchterliches.

»Eine Luftmatratze«, sagt er dann, mühsam beherrscht.

»Ja, wissen Sie, das war so: Ich war mit Freunden unterwegs, auf so einer Art Inseltörn.«

»Inselwas?«

»Eine Inseltour. Wir wollten zu irgendwelchen Perlentauchergründen und zum Hochseeangeln. Claude – dem gehört das Schiff – lebt schon seit seiner Kindheit in dieser Gegend, und er wollte uns alles zeigen. So einer von diesen braun gebrannten Typen, die die Sonnenbrille meistens auf dem Kopf tragen … hochgeschoben, meine ich. Wir waren sieben Leute an Bord. Es war ein fantastischer … eine fantastische Tour, nur Sonne und Meer, es gab das feinste Essen und Cocktails, und wir lümmelten uns an Deck herum, die Frauen immer im Bikini. Und manchmal gingen wir auch im Meer schwimmen, und Carol, die Tochter des Professors, hatte eine Luftmatratze, auf die war sie ganz wild. Richtig ins Wasser wollte sie nicht, weil sie immer dachte, überall sind Haie, und so lag sie meist auf dieser blöden Luftmatratze. Und als ich über Bord fiel, da bekam ich …«

»Über Bord? Sie sind über Bord gefallen?«

»Ja, ich hatte wohl ein bisschen zu viel getrunken, und nachts wurde ich wach, und mir war schlecht, und da ging ich an Deck, um frische Luft zu schnappen. Und dann wurde mir schwindlig, und ich kippte über Bord. Aber im Fallen bekam ich glücklicherweise noch diese Luftmatratze zu fassen. Daran klammerte ich mich fest, und als ich im Wasser war und schrie und niemand mich hörte, da bin ich draufgerutscht und habe mich treiben lassen. Und in der nächsten Nacht war ich dann schon hier.«

»Es war also überhaupt kein Schiffbruch?«

»Das habe ich auch nie gesagt.«

»Aber ich hab's gesagt, und Sie haben mir nicht widersprochen!«

»Kann sein. Aber gestrandet bin ich jedenfalls!«

»Wo ist diese Luftmatratze?«

»Liegt vielleicht noch am Strand. Aber ich vermute eher, dass sie zurück ins Meer gespült wurde. Als ich so plötzlich erwachte und mich am Strand wiederfand, habe ich mich darum nicht mehr sonderlich gekümmert.«

»Sie sind erwacht?«

»Ja, ich habe friedlich geschlafen, und plötzlich spüre ich einen Ruck und rutsche von der Matratze. Ich dachte, ich lande im offenen Meer und die Haie sind da, aber es war nur die Brandung. Ich stand auf und ging an Land.«

»Klingt ja nicht gerade sehr spektakulär.«

»Ich kann's ja beim nächsten Bericht noch ein bisschen ausschmücken.«

Er setzt sich zurecht und fängt an, in seine Schreibmaschine zu tippen, und ich denke, das wird Stunden dauern, bis er alles rekapituliert hat, aber nach ein bisschen Geklapper zieht er das Blatt heraus und lehnt sich in seinem Stuhl zurück, wie jemand, der für heute nun wirklich genug getan hat.

»Und jetzt?«, frage ich.

»Und jetzt was?«

»Na, wie komme ich denn jetzt nach Hause?«

Er zieht die Schultern so weit hoch, dass er ein Doppelkinn bekommt. »Warum fragen Sie mich das?«

»Na, ich dachte, Sie könnten mir vielleicht helfen. Gibt es hier einen Flughafen?«

»Und wenn?«

»Na, damit ich nach Hause fliegen kann!«

»Haben Sie denn überhaupt Geld?«

Geld?

»Geld? Nein, keinen Cent.«

»Wie wollen Sie dann nach Hause fliegen?« Er steht auf. »Junger Mann, glauben Sie, wir sind ein Wohltätigkeitsverein? Sollen wir Ihnen den Flug bezahlen? Oder wie?«

»Ich kann das Geld natürlich erstatten. Wenn ich erst mal zu Hause bin. Oder ich lasse mir von meinen Verwandten was schicken. Wenn ich … irgendwie mit ihnen Kontakt aufnehmen kann.«

»Ohne Papiere können Sie sowieso nicht fliegen.« Er setzt sich wieder hin.

»Ja, und was soll ich dann machen? Hierbleiben, nur weil ich keine Papiere habe?«

»Hierbleiben können Sie schon mal gar nicht! Ausgeschlossen!«

Ich schaue ihn an, und für einen Moment geht mir, wie schon einige Male zuvor, durch den Kopf, dass hier gleich Leute auftauchen, die mir zeigen, wo die versteckte Kamera ist. Allerdings glaube ich nicht, dass es hier überhaupt Kameras gibt.

»Wollen Sie mich zurück ins Meer schmeißen?«

Er wackelt mit dem Kopf, winkt dazu mit einer Hand und sagt: »Na, na, noch ist nicht erwiesen, ob Sie überhaupt aus dem Meer gekommen sind.«

»Aber woher soll ich denn sonst gekommen sein? Und ist das nicht ziemlich gleichgültig, ob ich gestrandet oder mit einem Fallschirm hier gelandet bin? Ich bin hier! Das wollen Sie doch wohl wenigstens nicht bestreiten?«

Er wedelt erneut mit der Hand. »Papiere haben Sie jedenfalls nicht!«

»Würden Sie wenigstens zugestehen, dass ich existiere?«

»Junger Mann, jetzt mal Schluss mit dem ganzen Unsinn! Sie kommen hier an, haben keine Papiere, haben kein Geld, und wir sollen dafür sorgen, dass Sie wieder nach Hause kommen! Wie ich Ihnen schon sagte: Dies ist ein kleiner Inselstaat, wir sind gerade erst unabhängig geworden und ...«

»Gerade erst? Was heißt denn ›gerade erst‹?«

»Nun ja, genau genommen ... erst vorige Woche. Da haben wir die Unabhängigkeit ausgerufen.«

»Und dann?«

»Und dann ist die gesamte Verwaltung abgezogen, mit allem Drum und Dran, und man hat uns hier zurückgelassen. Sie haben gesagt, wir würden schon sehen, was wir davon haben.«

»Das heißt ...«

»Die haben einfach alles mitgenommen – und nichts dagelassen als diese alte Schreibmaschine.«

»Deshalb also ... ich verstehe. Und wo bin ich hier? Ich meine: Wie heißt dieses ... Land?«

»Sie befinden sich in der Freien Republik Malota und Bedodos.«

»Malota und Bedodos?«

»Ja, unsere beiden Inseln.«

»Ach, es gibt zwei?«

»Ja, da draußen, sehen Sie? Das ist Bedodos.«

Ich blicke aus dem Fenster, hinaus aufs Meer, und es dauert eine Weile, bis ich mich so weit orientiert habe, dass mir ein Licht aufgeht.

»Sie meinen … dieser Felsen da draußen? Das ist doch kaum mehr als ein Riff!«

Er sagt nichts, zieht nur die Augenbrauen hoch und sieht beleidigt aus. Also wechsele ich schnell wieder das Thema.

»Es muss hier doch irgendeine Verbindung nach außen geben! Gibt es vielleicht … Telefon?«

»Natürlich haben wir Telefon. Für was halten Sie denn das da?«

Er zeigt auf ein schwarzes Gerät mit Gabel und Hörer – und Wählscheibe! – auf seinem Schreibtisch.

»Na, dann könnte ich doch zu Hause anrufen und mir Geld schicken lassen.«

»Das geht nicht.«

»Warum nicht?«

»Weil die Telefonleitungen tot sind. Sie haben uns alles abgeklemmt. Strom, Telefon. Es ist jedes Mal dasselbe!«

»Dann ist es also nicht das erste Mal … ich meine, das mit der Unabhängigkeit?«

»Diese Blutsauger wissen genau, wie sie es anstellen müssen! Man ist ihnen hilflos ausgeliefert. Aber diesmal … diesmal, sage ich Ihnen, werden wir es durchziehen. Und wenn wir verhungern. Bis auf den letzten Mann!«

»Ist Ihr … Ihr Volk denn damit einverstanden?«

Er zuckt mit den Schultern.

»Manchmal muss man hart sein«, sagt er.

»Und … wie viele Menschen leben hier überhaupt?«

»342 – nach dem aktuellen Stand.«

Ich sage dazu nichts. Und tue lieber so, als fände ich das gar nicht verwunderlich.

»Und was wird jetzt aus mir? Zurück nach Hause kann ich ja nicht. Gibt es hier vielleicht so etwas wie ein Hotel?«

»Ein Hotel? Sonst noch was? Und Sie haben doch überhaupt kein Geld!«

»Aber irgendwo muss ich ja schließlich bleiben. Nur so lange, bis wieder irgendeine Verbindung nach außen besteht. Ich meine: Sie können mich doch nicht verhungern lassen. So was verbietet doch die Menschlichkeit. Ich … ich würde auch arbeiten. Und mein Geld verdienen. Ich kann alles abarbeiten.«

Er steht auf und geht im Raum herum. Wendet sich dem Fenster zu, schaut hinaus und dreht sich wieder um.

»Arbeiten«, sagt er. »Hm … Was können Sie denn? Ich meine, was sind Sie von Beruf?«

»Nun … ich schreibe. Ich arbeite für Verlage, für Zeitungen. Ich war Journalist und …«

»Journalist!«

Das scheint ihn zu begeistern. Er blickt mich prüfend an, nimmt die Brille ab und kaut am Ende eines Bügels herum.

»Ihr Spanisch ist sehr gut. Glauben Sie, Sie könnten hier … eine Zeitung machen?«

»Eine Zeitung machen? … Sie meinen, für eine Zeitung schreiben?«

»Nein, ich meine, eine Zeitung machen … gründen.

Eine Zeitung gibt es hier noch nicht, und das ist genau das, was wir jetzt brauchen.«

Ich sitze da und würde jetzt auch gerne an irgendwas kauen. Ich habe nämlich Hunger. Mein Magen knurrt ununterbrochen, ich habe schon ein ganz flaues Gefühl. Nicht dass ich Meerwasser geschluckt hätte, keinen Tropfen, es war wirklich eine sehr komfortable Strandung, es ist der reine Hunger, und vielleicht noch ein bisschen Restübelkeit von dem vielen Champagner und den Cocktails und den ganzen Cocktailkirschen, mit denen Carol mich gefüttert hat – sie wollte mal sehen, wie viele ich schaffe. War auch schon ziemlich hinüber, die Gute, aber ein feines Mädel, Tochter des Professors, ein bisschen groß und zu schlank und ohnehin nicht mein Typ, aber schwer in Ordnung, man kann mit ihr eine Menge Spaß haben, und für einen Augenblick stelle ich mir vor, wie sie jetzt guckt, wie sie alle jetzt gucken, da sie mich doch zweifellos vermissen müssen. Und womöglich haben sie schon alle Hebel in Bewegung gesetzt, um mich zu suchen. Vielleicht weint sich Carol sogar die Augen aus dem Kopf und macht sich schwere Vorwürfe, wegen der Cocktailkirschen und dem vielen Champagner. Claude, dieser sonnenbebrillte Lackaffe, wird höchstens ein missmutiges Gesicht ziehen, weil die Partylaune im Eimer ist und sich niemand mehr für seine Hochseeangelei und die Perlengründe interessiert. Oder ich nehme mich am Ende viel zu wichtig, und sie fahren alle lustig weiter. Was weiß ich, und überhaupt: Warum denke ich gerade jetzt über all das nach? Zwar denke ich nicht wirklich darüber nach, es huscht mir nur so durch den Kopf, wie das manchmal ist, wenn einem tausend Sachen auf einmal durchs Gehirn jagen, aber dies ist auf jeden Fall nicht der richtige Moment dafür. Mit schnell Wegkommen ist hier nichts, so viel habe ich begriffen, und ich habe Hunger und außer meinen Sachen am Leib nichts, was mir gehört. Und irgendwie muss es ja weitergehen. Und wenn dieser junge, aufstrebende Staat eine Zeitung braucht und man mir diesen Posten anbietet, dann sollte ich vielleicht einfach zugreifen. Denn schließlich kriegt man so ein Angebot nicht alle Tage – und das Klima in diesen Breiten ist auch nicht zu verachten.

»Sicher«, höre ich mich auch schon sagen. Ohne weiter über Konsequenzen und Begleitumstände nachgedacht zu haben.

Señor Dormilón ist entzückt und grinst übers ganze Gesicht. Da er freudig auf mich zutritt, erhebe ich mich, und wir schütteln uns die Hände.

»Vielleicht …«, sage ich zaghaft, »… wenn es vielleicht die Möglichkeit gäbe, dass ich irgendwo etwas zu essen bekommen könnte und einen Platz zum Schlafen …«

Er tätschelt verständnisvoll meine Schulter und nickt.

»Esmeralda!«, ruft er.

*Esmeralda!*

Die erscheint sofort und sagt: »Ja, Señor El Presidente¿«

»Kümmern Sie sich bitte um unseren jungen Freund, und veranlassen Sie alles Nötige. Sie können sich seiner vielleicht ein wenig annehmen … Sie verstehen.« Und an mich gewandt, leise, als sie wieder draußen ist: »Bei ihr werden Sie es gut haben. Witwe, hat vor Kurzem ihren

Mann verloren. Tragische Geschichte. Aber sie ist jetzt, glaube ich, drüber weg, und vielleicht können Sie sie noch ein wenig aufmuntern. Ist nicht mehr die Jüngste, aber herzensgut … und sehr fleißig!«

Na ja, was soll ich noch sagen … Mein Arbeitsplatz ist nicht gerade das, was man sich so erträumt, aber für den Anfang bin ich gut untergebracht, und was die Ausstattung betrifft … Señor Dormilón – El Presidente – überlässt mir seine Schreibmaschine. Da ist diese herrliche kleine Insel, dieser junge, in eine blühende Zukunft aufbrechende Staat voller netter Menschen, und da ist Esmeralda, die mich mit zu sich nach Hause nimmt und für mich kocht – und sie hat all diese wunderbaren Dinge … Augen, Haare, Beine und all das. Und als sie mir die traurige Geschichte von ihrem dahingeschiedenen Mann erzählt, unter Tränen, da nehme ich sie in den Arm und tröste sie.

Da es hier – sicher nur vorläufig – weder funktionierende Telefone noch Faxgeräte noch Computer – noch auch nur eine Postverbindung – gibt, stecke ich einen Zettel in eine gut verkorkte Flasche und überlasse sie dem Meer.

Als ich sie der Strömung überantwortet habe, stelle ich mir vor, dass sie vielleicht erst in vielen Jahren jemand findet. Und sich dann, wenn er liest, dass jemand der Welt mitteilt, niemand brauche nach ihm zu forschen, und seinem Vermieter zu Hause ausrichten lässt, er könne ab sofort anderweitig disponieren, nicht übel wundert.

Und das alles am Ende für ein abstruses Märchen hält.

# DIE ZEHNTE INSEL

*Wenn das hier irgendjemand jemals liest: Schickt um Gottes willen Hilfe und rettet mich von diesem verlorenen Stück Land, auf dem ich gestrandet bin. Nach meiner (ungenauen) Berechnung vor über drei Monaten.*

*Diese Insel befindet sich vermutlich abseits im Südpazifik, irgendwo östlich oder südöstlich von Neuseeland. Ich wünschte, ich könnte wenigstens eine ungefähre Position angeben, aber das ist alles, was ich sagen kann.*

*Am 14. Februar 1999 sind wir von Dunedin aus gestartet, nach Invercargill, mit einer Cessna 172, Mike Stratton (der Pilot) und ich. Wir müssen weit vom Kurs abgewichen sein, denn das Klima ist hier rauer als in den Breiten, die wir ansteuerten.*

*Ich weiß, dass Stratton die Orientierung verloren hat, so sehr, dass er in Panik geriet, denn der Bordkompass spielte völlig verrückt und …* [mehrere Wörter unleserlich] *… nicht zu erreichen.*

*Ich kann nur eine Beschreibung der Insel geben: Sie ist nicht mehr als eine längliche, annähernd nierenförmige* [Landformation?]*, nahezu flach, der höher gelegene Teil im Süden dürfte 30 m kaum übersteigen. Deshalb wird sie vom Meer aus schwer auszumachen sein und erst aus relativer Nähe, und* [von hier?] *aus sind nur zwei noch kleinere Felsformationen zu sehen und* [sonst kein Land?].

*Bitte, schickt so bald wie möglich Hilfe! Hunger und Durst* [sind oft] *schrecklich. Aber das ist nichts gegen die Scharen von Seevögeln, die diese Felsen bevölkern! Die niemals Ruhe geben. Nicht am Tag und nicht in der Nacht. Man kann ihr ewiges Geschrei nicht ertragen, ohne wahnsinnig zu werden. Bitte, in Gottes Namen, erlöst mich von diesem nie endenden, ohrenbetäubenden Lärm!*

*Wenn ihr euch nähert, von See her oder aus der Luft, haltet Ausschau nach einem Mann unter Tausenden von grau-weißen Vögeln, mit zerpickten, blutigen, verkrusteten Händen, der sich von Eiern und* [Regenwasser? Danach ca. vier Wörter unleserlich] … *lange noch?* … [ca. zehn Wörter unleserlich] … *Sagt meinen* [ca. acht Wörter unleserlich] …

[Datumsangabe/Unterschrift? Völlig unleserlich]

# DIE ELFTE INSEL

Das Ganze ist einfach zu verrückt.

Diese Schweine haben mich über Bord geschmissen. Einfach so. Ich dachte, die bluffen. Wollen mir nur einen gehörigen Schrecken einjagen. Was ich ja durchaus verstanden hätte. Sie wollen mich ein wenig leiden lassen und mich blass werden sehen. Oder sogar, dass ich anfange zu betteln und zu winseln. Und das tue ich ja auch. Ich tue ihnen den Gefallen.

Aber dann lassen sie mich kaltblütig im Stich.

Eine verrückte Idee, auf diese Weise hinüber nach Gotland zu kommen. Aber warum nicht, dachte ich mir. Das war doch der abenteuerliche Urlaub, wie ich ihn mir ausgemalt hatte. Einfach so umherreisen, ohne festes Ziel. Mit Rucksack und Schlafsack. Die Skandinavientour, von der ich schon lange geträumt hatte. Noch mal wie früher durchs Land reisen. Zu Fuß, per Anhalter, dann und wann mit dem Zug.

Auf einem Segelboot mitzureisen, daran hatte ich nicht gedacht. So was Verrücktes war mir nicht eingefallen. Aber dann, in einem Nest namens Söderköping, hatte ich diese Leute kennengelernt, in einem Lokal. Sie hatten mir was zu trinken ausgegeben, wir waren ins Gespräch gekommen. Sie hatten sich meine Geschichte angehört, woher ich kam, wo ich schon gewesen war. Und noch hinwollte. Sie hatten ein Segelboot, im Jachthafen. Damit wollten sie zwei Tage später los, durch die Schären und dann hinüber nach Gotland.

Und dann dieser Satz: »Wir können dich mitnehmen!«

Gotland. Das hatte gar nicht auf meinem Plan gestanden. Aber welch verlockendes Ziel! Allein der Name war verheißungsvoll. Er klang nach Wikingerzeit und Mittelalter und Hanse.

Das Boot war ein Traum. Ein Zweimastsegler, eine kleine Jacht. Zwei Kabinen hinten, eine vorn. Sie waren zu fünft. Zwei Paare und der Onkel des einen der beiden Männer. Der alte Mann, dem das Boot gehörte.

Nein, ich hatte nichts dagegen, im Ruderhaus zu schlafen. Kein Problem. Wenn sie mich nur mitnahmen.

An Bord war es eng. Aber was machte das. Wir kochten und aßen gemeinsam. Sie hatten sogar Alkohol an Bord. Wein und Sekt. Wir stießen an und ließen es uns gut gehen.

Wieder wurde ich vieles gefragt, diesmal eingehender, und erzählte von meinem Leben, meiner Arbeit, meinen Reisen. Und ich stellte auch ihnen viele Fragen.

Die Altersunterschiede waren nicht groß. Jolan und Annetta waren ein wenig jünger, Alex und seine Freundin Susann etwas älter als ich. Wobei sie sogar die Ältere von den beiden zu sein schien. Von Anfang an fühlte ich mich von ihr beobachtet. Wenn ich mich ihr zuwandte, wandte sie den Blick ab. Anfangs.

Dann trafen sich unsere Blicke immer öfter. Ein Spiel

nahm seinen Lauf, das so alt ist wie die Menschheit. *Ich will dich*, sagten die Blicke, und *Ich will dich auch*.

Wir standen und saßen eng beieinander, es herrschte fröhliche Ausgelassenheit. Man trank. Ich half beim Kochen, schälte Kartoffeln. Susann ging mir zur Hand. Wir berührten einander. Und blieben so stehen, dass wir uns berührten. Ich spürte ihre warme Haut an meiner. Wo soll das hinführen, dachte ich bei mir. Hier, an Bord dieser Nussschale. Wenn sie nicht verheiratet ist, ist sie wenigstens liiert. Sie gehört zu diesem netten Burschen mit den Sommersprossen auf der Halbglatze. Also, was machst du da eigentlich? Was bezweckst du damit?

Die Natur war es, die hier etwas bezweckte. Die Natur der Menschen, seit es Menschen gibt. Auf Fortpflanzung angelegt, auf die Annäherung von Frau und Mann, auf ihre Vereinigung. Wenn die Chemie stimmt. Und die stimmte. Herrgott, wie die stimmte!

Abends, als ich im Ruderhaus in meinem Schlafsack lag, kam sie noch mal raus. Das, was wir da veranstalteten, einen Kuss zu nennen, würde es nicht treffen. Es war eher ein gegenseitiger Versuch, den anderen zu verschlingen.

Im Nu war sie wieder verschwunden. Doch morgens, als es schon hell wurde, offenbar kurz vor Sonnenaufgang, war sie wieder da. Kroch neben mich auf den Boden, halb in meinen Schlafsack. »Wir können doch nicht …«, stammelte ich. Und das konnten wir wirklich nicht. Aber wenigstens ein bisschen, gegen alle Vernunft. Es war unanständig, es war verrückt. Es war schäbig, es war gefährlich.

Es war egal.

Als wir uns berührten, durchfuhr es mich wie eine Welle. Es passierte irgendetwas, was ich so noch nicht erlebt hatte. Nicht so. Eine Frau zu berühren kann schön sein. Manchmal sehr schön. Und es kann auch so sein, dass man glaubt, verrückt zu werden. Das wusste ich jetzt. Es war, als ob irgendetwas passte. Als ob etwas endlich zusammenfände.

Dann steht Alex da und blickt auf uns herab. Und dann stehen alle da. Alle außer mir. Auch Susann steht da, stocksteif. Verkniffen. Als ginge sie das alles nichts an.

»Schau dir diesen Drecksack an!«, sagt Jolan. »Wir nehmen ihn mit auf unser Boot, und er …«

Alex packt Susann am Arm und zischt ihr etwas ins Ohr. Nicht auf Englisch, das sie mir zuliebe fast die ganze Zeit benutzt haben. Deshalb verstehe ich es nicht. Ich kann mir aber denken, dass es eine wenig schmeichelhafte Bezeichnung ist.

»Was machen wir mit dem Scheißkerl?«

Die Frage steht im Raum. Es gibt nichts, was ich dazu sagen kann. Was sollte das sein? »Leute, es ist nicht so, wie ihr denkt …« So einen Unsinn kann ich mir sparen. Soll ich um Entschuldigung bitten? Mich zerknirscht geben?

Ich kann jetzt nichts mehr richtig machen. Also schweige ich einfach und warte. Auf das, was sie mit mir machen werden. Ich warte auf Tritte. Auf Schläge. Auf Gebrüll.

Stattdessen blickt Alex mich kalt an und sagt: »Wir schmeißen ihn über Bord, was sonst!« Das kann nicht sein Ernst sein. Natürlich nicht. Doch Jolan sagt: »Eine gute Idee!«

Ich denke, die machen Spaß. Auch als sie mich hochreißen und mich, nur in Shirt und Unterhose, aus dem Ruderhaus zerren. Ich blicke mich hektisch um. Um uns herum ist das Meer, ich kann in der Ferne ein Stück Land sehen, irgendwo anders noch eins. Kleine Inseln. Wir sind nach wie vor in den Schären.

Doch hier, an dieser Stelle, sind die Inseln weit entfernt, das Festland offenbar noch weiter. Das können sie unmöglich tun. Ich bin kein guter Schwimmer, und die Entfernungen, die ich da sehe, bei der unruhigen See in einer kräftigen Morgenbrise, jagen mir einen Schrecken ein. Genau das wollen sie wohl auch: mir einen Schrecken einjagen.

Ich sage noch etwas, etwas wie »Macht doch keinen Quatsch!«. Dann spüre ich einen Schlag in die Magengrube. Und noch einen in die Seite. Ich kriege kaum Luft.

»Hey, hört doch auf!«, keuche ich. »Hört um Himmels willen damit auf!«

Dann ein Tritt ans Schienbein. Und ein weiterer in die Kniegegend. So hart, dass ich fürchte, sie haben mir die Kniescheibe rausgetreten.

Und dann lande ich im Wasser.

Es ist kalt. Das Eintauchen ist wie ein Schock. Ich trage nicht viel am Leib, deshalb kann ich mich Gott sei Dank ganz gut bewegen. Aber das Knie … Es schmerzt, und dieser Schmerz wird immer weiter zunehmen. Das Bein ist wie gelähmt, ich kann es kaum beugen. Panisch kämpfe ich mich an die Oberfläche und paddele etwas flügellahm herum. Mein einziger Gedanke ist der, wieder an Bord zu kommen. Sicher werden sie das tun: mich zurückholen.

Nachdem sie mir einen wirklich gehörigen Schrecken eingejagt haben.

Doch dann sehe ich, wie sie meinen Rucksack über Bord schmeißen, da ist das Schnurren von Seilwinden, weil Alex Segel setzt, das Boot nimmt Fahrt auf und entfernt sich. Ich schreie panisch. Ich habe das Gefühl, gar nicht richtig schwimmen zu können, die See ist unruhig, das Knie schmerzt, und all meine Sachen sind an Bord oder im Meer. Ich habe plötzlich Todesangst, eine Welle überspült mich, und doch sage ich mir: Das werden sie nicht tun. So etwas können sie nicht machen. Zumindest der Alte wird sie zur Vernunft bringen. Er wird es nicht zulassen.

Doch das Boot dreht ab. Ich höre noch Susann schreien. Es ist Schwedisch, aber ich verstehe es. »Seid ihr verrückt geworden? Das ist glatter Mord!« Und Alex brüllt zurück, und was er da rhetorisch fragt, bedeutet in etwa, ob sie Lust habe, mir Gesellschaft zu leisten. Und wieder zischt er ihr ein Wort ins Gesicht, das vielleicht Hure bedeutet.

Dann wird es still. Im Auf und Ab der Wellen sehe ich manchmal noch das Boot, wie es sich entfernt. Und schnell kleiner wird. Nirgendwo anders ist ein weiteres Fahrzeug zu sehen. Ich befinde mich in T-Shirt und Unterhose irgendwo an der schwedischen Schärenküste, und von meiner jetzigen Position aus kann ich nicht mal die Inseln sehen, die noch im Blickfeld waren, bevor sie mich ins Wasser geschmissen haben.

Auf offenem Meer zu schwimmen ist alles andere als angenehm. Zumal bei Seegang. Es ist nicht so, dass man wie ein Korken im Wasser treibt und sich bloß ein bisschen an der Oberfläche zu halten braucht. Die Strömung und die Wellen reißen einen hierhin und dorthin, immer wieder fühlt man einen Sog, der abwärtsführt und gegen den man ankämpfen muss. Man versucht zu schwimmen, hat aber das Gefühl, dass man womöglich gar nicht vom Fleck kommt. Man ermüdet schnell, wenn man kein geübter Schwimmer ist, doch wenn man versucht, sich an der Oberfläche treiben zu lassen, sich auf den Rücken legt, wird man immer wieder von Wellen überrollt und schluckt Wasser. Man ist fast nur noch damit beschäftigt, Kräfte zu sparen und nicht noch mehr Salzwasser zu schlucken.

Bald kann ich, wenn mich die Wellen aufwärtstragen, eine der Inseln sehen. Ob es mir gelingt, dorthin zu schwimmen, oder ob mich bloß die Strömung in ihre Richtung treibt, weiß ich nicht. Wahrscheinlich Letzteres. Später zweifle ich immer mehr daran, ob ich es aus eigener Kraft geschafft hätte, sie zu erreichen, angesichts meiner Erschöpfung, der Kälte des Wassers und des schmerzenden Kniegelenks.

Ich schätze die Zeit, die es dauert, dorthin zu gelangen, auf zwei Stunden. Eine sehr unsichere Schätzung. Die Insel kommt stetig näher. Ich versuche mich treiben zu lassen und paddele dann und wann panisch in ihre Richtung, in der Angst, sie zu verfehlen. Sie ist klein, nur ein Flecken Land, eine felsige Erhebung im Meer. Wenn die Strömung mich an ihr vorbeizieht, bin ich verloren.

Ich paddele mit letzter Kraft an das felsige Ufer, krabbele auf die graue Fläche, ins Trockene. Dort bleibe ich liegen und bin bloß damit beschäftigt, zu Atem zu kommen. Und das Bewusstsein nicht zu verlieren. Ich bin ganz steif, fühle mich halb erfroren. Sicher bin ich unterkühlt. Aber es gibt ein Ziel, das mich motiviert, in Bewegung zu kommen: das Haus, das ich glaube gesehen zu haben, als ich landete. Ein Haus zwischen den Bäumen.

Als ich mich erhebe und in Richtung der Bäume wanke, wird es bald sichtbar. Alles wird sichtbar. Die Insel ist so klein, dass sie beinahe von jedem Punkt überschaubar ist, ein ovaler Fleck im Meer, der von einem Flugzeug aus vermutlich aussieht wie ein Spielzeugland. Eine längliche Felseninsel mit zwei kleinen Buchten, einem Holzhaus mit rot gestrichener Fassade zwischen Bäumen und einem kleinen Landungssteg, an dem Boote festmachen können. Sonst nur Gras und Büsche.

Graue Wolken jagen tief am Himmel dahin, der Wind bläst stetig und geht mir durch und durch, als ich mich dem Haus nähere. Dort rührt sich nichts, die ganze Insel liegt still, eine von Tausenden Schäreninseln, Zweitwohnsitz oder bloß Feriendomizil für alltagsgeplagte Festländler. Uralte schwedische Kinderserien aus meiner Jugendzeit fallen mir ein.

Das Haus ist nicht groß. Ein Quader mit einem leicht überhängenden Dach, alles ist schmuck und schön anzusehen. Eins dieser typischen skandinavischen Holzhäuser, wie es sie hier zu Millionen gibt. Holzfenster mit geviertelten Scheiben, Zierleisten am Dach machen alles freundlich und einladend, aber Fassade und Leisten könnten einen neuen Anstrich gebrauchen, was das Bild etwas beeinträchtigt.

Um das Haus herum wächst Gras zwischen einigen Birken. Es steht hoch, und überall sprießen Blumen. Eine etwas verwilderte Idylle. Ein wenig abseits gibt es einen Schuppen aus grauem, ausgebleichtem Holz, das jede Farbe verloren hat. Vor dem Haus, unter einem der Fenster, steht eine Bank.

Drei Stufen führen hinauf zur Eingangstür. Durch trübe Glasscheiben in Augenhöhe wird nur undeutlich das Innere sichtbar, eine im Zwielicht liegende Diele, die angrenzenden Türen erlauben von hier aus keinen weiteren Einblick. Als ich die schmiedeeiserne Klinke herunterdrücke, passiert nichts. Das Haus ist verschlossen.

Ich will um das Haus herumgehen, doch mir wird schwarz vor Augen, und ich ducke mich gegen die Hauswand, die Arme verschränkt. Ich muss einen Moment verschnaufen. Die Kälte setzt mir zu, die Temperatur eines ungemütlichen, windigen Frühsommertages, die mir unter normalen Umständen nichts anhaben könnte. Alles ist in Kälte und Gefühllosigkeit erstarrt, nur das Bein schmerzt, und jede Bewegung ist eine Qual. Trotzdem überwiegt die Erleichterung. Ich lebe noch, ich bin auf dieser Insel gelandet, die bewohnt ist, und mein Zustand ist, denke ich, nicht besorgniserregend. Ich war schon in besserer Verfassung, aber ich komme langsam zu Atem. Es dämmert mir, in welcher Gefahr ich geschwebt habe, dass tatsächlich mein Leben auf dem Spiel stand. Und hier hocke ich, schwach, müde, durstig, aber lebendig und mit festem Boden unter den Füßen. Ich muss nur einen geschützten Platz finden.

Ich muss ins Innere des Hauses.

Denn einen anderen Ort, an dem ich mich wärmen und ausruhen könnte, gibt es hier nicht. Mir ist übel, von dem Meerwasser, das ich geschluckt habe, oder von der Überanstrengung. Ich weiß, dieser Wind wird mir am Ende noch zum Verhängnis werden. *Wenn du dir nicht schon eine Lungenentzündung geholt hast,* denke ich.

Ich raffe mich auf und umrunde das Haus, prüfe alle Fenster, gehe nochmals zur Eingangstür. Die so verschlossen ist wie zuvor. Ich schaue mich nach einem Schlüssel um, es ist keiner da. Als ich hinüber zum Schuppen wanke, finde ich auch diesen gesichert, mit einem Vorhängeschloss. Am Steg liegt kein Boot. Die Insel ist verlassen. Es ist niemand zu Hause.

Blicke durch die Fenster offenbaren schemenhaft einen großen Wohnraum und eine Küche. Der dritte und der vierte Raum sind mit Vorhängen versehen, vermutlich das Schlafzimmer und ein weiteres, sehr kleines Zimmer. Alles, was ich sehen kann, ist einfach, rustikal, unaufwendig. Aber doch ansprechend. Es sind Zimmer. Sie sind geschützt, sie sind warm. Und ich muss hinein, um jeden Preis.

Ich rüttele erneut an Türen und Fenstern, aber sie bleiben verschlossen. Anfälle von Schwäche überrollen mich in immer kürzeren Abständen, ich zittere am ganzen Leib. Vor Verzweiflung und Wut steigen mir Tränen in die Augen. Ich habe weder die Kraft noch die Geduld für langes Nachdenken und komplizierte Manöver. Und schon gar nicht für Hemmungen und langes Zögern. Heute Morgen hatte ich noch nicht damit gerechnet, dass ich in wenigen Stunden in die Verlegenheit kommen könnte, auf einer abgelegenen Schäreninsel einen Einbruch zu begehen. Auf solche Situationen war mein Leben bisher nicht eingestellt. Doch es ist niemand hier, und ich bin in einer Notlage. Also ist es auch kein Einbruch. Nicht im eigentlichen Sinne.

Die Tür werde ich nicht öffnen können, ich wüsste nicht, wie. Niemand hat mir zuliebe hier Werkzeug herumliegen lassen. Oder freundlicherweise den Schuppen offen gelassen, damit ich mir dort welches borgen kann. Alles, was mir bleibt, ist, durch eines der Fenster einzusteigen. Am besten in der Küche, wo es am wenigsten ausmacht, wenn es in die Brüche geht.

Am Ufer in der Nähe des Bootsstegs finde ich Steine, nehme einen, der mir groß genug erscheint, gehe zurück zum Haus und schleudere ihn mit aller Kraft, die ich noch aufbringen kann, gegen das Fenster, dreimal. Glas splittert, der Rahmen geht aus den Fugen. Beinahe fehlt mir die Kraft, mich hochzuwuchten. Ich rutsche ab, verletze mich an der Hand. Blut fließt. Ich bebe vor Wut, heule Rotz und Wasser wie ein Kind. Greife in den Rahmen, wo erneut Glas in meine Hände schneidet, und ziehe mich hoch.

Ich bin im Haus.

Stickige Luft schlägt mir entgegen. Und Stille. Ich betätige den Wasserkran, um meine Hände abzuspülen, aber es kommt kein Wasser.

Dort hängen Spültücher, die nehme ich mir, wische meine Hände ab und umwickele sie. Ich tapse durch den

Wohnraum, öffne die Tür zu dem Zimmer mit den Vorhängen. Vor mir steht ein Bett, breit, eine dicke Decke liegt am Fußende. Ich falle hinein und ziehe mir die Decke über. Ziehe sie mir fast über den Kopf.

Zitternd, zähneklappernd liege ich da. Doch nach und nach werde ich ruhiger. Ich spüre, wie es langsam warm wird. Aber nur noch durch einen dichten Nebel. Alles entfernt sich von mir. Und dann schlafe ich.

Ich habe nie geahnt, dass Schlafen so schön sein kann.

Als ich erwache, ist es dunkel. Aber nicht ganz dunkel, in diesen Breiten ist es um diese Jahreszeit nicht lange Nacht, und ein Schimmer von Licht bleibt immer. Ich sehe das Morgenlicht am Horizont, durch die Fenster, der neue Tag zieht schon langsam herauf. Das heißt, ich habe mehr als zwölf Stunden geschlafen. Vielleicht dreizehn oder vierzehn.

Die Kälte in meinem Körper ist fast verschwunden. Doch nicht völlig, und so unbekleidet, wie ich durch die dämmerigen Räume gehe, beginne ich sofort wieder zu frieren. Ich gehe zurück ins Bett, wo ich warte, bis es heller ist. Dann kann ich das Haus untersuchen. Sehen, ob ich Kleidung finde. Und etwas zu essen. Und Wasser. Nie in meinem Leben habe ich solchen Durst gehabt.

Ich bin noch einmal eingeschlafen, und diesmal ist es hell, als ich erwache. Ich hinke durch alle Räume, noch etwas zittrig in den Beinen. Mit dem rechten kann ich kaum auftreten. Und es kaum beugen. Das Bluten an meinen Händen hat aufgehört, aber sie sind arg zerschnitten, ich muss vorsichtig sein, wenn ich etwas anfasse, damit die Wunden nicht wieder aufbrechen.

Meine Suche ist chaotisch. Ich gehe in die Küche, suche etwas zu trinken, finde nichts. Nur Flaschen und Kanister mit Öl und Kerosin. Dann humpele ich zurück ins Schlafzimmer. Dort steht ein Schrank, darin liegen einige Kleidungsstücke. Ein gestrickter Pullover, den ich mir überziehe. Er riecht muffig. Eine alte Jeans, abgenutzt und schäbig, mit Spuren von Dreck, vielleicht von Arbeiten im Garten. Sie ist viel zu groß, wie auch der Pullover, aber ich schlüpfe dankbar hinein.

Schuhe finde ich zunächst keine. Eine erneute Suche nach etwas Trinkbarem führt zu nichts. Aber der Durst bringt mich fast um. Es brennt in meinen Eingeweiden, Mund und Hals sind ausgedörrt. Keine Spur mehr von Speichelbildung. Ich habe das ganze Haus abgesucht, ohne Ergebnis. Dass es auf der winzigen Insel Süßwasser gibt, kann ich mir nicht vorstellen. Mein Herz fängt wild an zu klopfen. Was in mir aufsteigt, ist pure Panik. Ein ganzes Haus, eine Insel, aber nichts zu trinken. Nichts, nichts, nichts.

Ein Bild huscht durch meinen Kopf. Von etwas, was ich gesehen und doch nicht richtig gesehen habe. Eine Bodenklappe, hinter dem Haus. Als ich drauftrat, klang es hohl. Eine Senkgrube, habe ich gedacht. Aber vielleicht …

Mit einem herumliegenden Holzlöffel schlage ich die Glas- und Holzsplitter aus dem Rahmen des zerstörten Küchenfensters und steige hinaus. Denn die Eingangstür lässt sich auch von innen nicht öffnen. So schnell ich kann, hinke ich zur anderen Seite des Gebäudes. Und da ist sie, eine Holzklappe, mit dünnem Blech verkleidet, das an den Rändern schon aus den Fugen geht. Als ich sie mit einigem Kraftaufwand öffne, schimmert von unten Wasser herauf. Eine Zisterne. An einer Kette hängt eine große Kelle hinab. Ich tauche sie ein, befördere sie wieder nach oben und trinke vorsichtig. Es schmeckt nach Eisen. Aber sonst unverdächtig. Wie es scheint, ganz normales Regenwasser.

Wie auch immer, es ist das einzige, das ich habe. Ein Risiko geht man nur ein, wenn man vorher nachdenkt. Aber ich denke nicht nach. Ich trinke in langen, gierigen Zügen, tauche die Kelle mehrmals ein, trinke mich satt. Erst als das geschafft ist, erlaube ich mir den Gedanken, dass sich jetzt herausstellen muss, wie mir dieses Wasser bekommt.

In den Küchenschränken gibt es einige Konserven. Ich habe sie bereits bei meiner Suche nach Wasser gesehen. Bohnen, Erbsen, Spargel. Suppen. Etwas Dosenfleisch und Fisch. Es ist nicht viel, aber Hauptsache etwas. Ich werde so schnell nicht verhungern.

Mein Verstand arbeitet langsam, und erst nach einigen Tagen, in der Rückschau, wird mir klar werden, wie benebelt ich an diesem ersten Tag noch bin. Ich horche auf Geräusche von draußen, und wann immer ich etwas höre, glaube ich, die Bewohner kommen. Immer wieder geht mein Blick aus dem Fenster. Der Wind hat sich gelegt, dann und wann scheint die Morgensonne durch die sich lichtenden Wolken. Ich habe geschlafen, getrunken und werde jetzt meinen Hunger stillen können … Und dann?

Dann muss ich sehen, dass ich so schnell wie möglich hier wegkomme. Ich befinde mich nur scheinbar abseits der bewohnten, zivilisierten Welt, und es genügt ein simpler Hilferuf nach draußen. Ein einziger Anruf ... Ich habe den Apparat sogar schon gesehen, im mehrmaligen Vorübergehen, ohne mir dessen recht bewusst zu werden. Er steht im Wohnraum, auf einem Beistelltisch neben der Couch.

Doch als ich den Hörer abnehme, bleibt die Leitung tot.

Ich tue, was man immer tut, wenn ein Telefon keinen Ton von sich gibt: Ich traktiere es. Betätige hektisch die Gabel, wie ich es in hundert Filmen gesehen habe, rüttele daran, ziehe an den Kabeln. Sie führen zu einem Anschluss, alles sieht gut aus. Aber es tut sich nichts. Überhaupt nichts.

Später werde ich die Leitung untersuchen, nach draußen verfolgen, ich weiß nicht, wie oft. Wie sinnlos oft.

Ich sitze draußen vor dem Haus, auf der Bank, und esse Dosenfisch. Der Apparat ist tot. Und mein mobiles Telefon befindet sich irgendwo auf dem Meeresgrund. In meinem akkurat gepackten Rucksack.

Okay, denke ich mir, keine Panik! Ich muss hier nur eine Weile aushalten, bis die Besitzer auftauchen. Oder bis ich ein Boot sehe, das ich auf mich aufmerksam machen kann. Das ist kein abgelegener Ozean, sondern die schwedische Schärenküste. An Bord des Seglers habe ich sogar ein Kreuzfahrtschiff vorbeirauschen sehen, gar nicht weit entfernt. Ich habe Wasser, ich habe einige Vorräte, ich habe Tabletten gefunden, mit denen ich die Schmerzen bekämpfen kann. Die Schnitte an den Händen werden schnell heilen.

Ich sage es mir am zweiten Tag. Und am dritten. Und noch nach einer Woche. Aber dann verstummt diese Stimme in mir.

Niemand kommt. Gut, ich kann nicht erwarten, dass jemand wie auf Bestellung hier erscheint. Aber der Sommer bricht an, und eher früher als später muss jemand auftauchen. Um Ferien zu machen. Und er wird nicht übel überrascht sein, einen Gestrandeten vorzufinden.

Täglich halte ich Ausschau nach Booten. Doch vergebens. Anfangs war ich wohl zu optimistisch und habe erwartet, dass hier ständig Boote und Kutter herumschippern, von einer Insel zur anderen.

Auf der Fahrt von Söderköping hierher lagen die Inseln zuerst so dicht beieinander, dass man umsichtig zwischen ihnen hindurchsteuern musste. Dann wurden die Abstände größer. Hier, scheint es, befinde ich mich im Randbereich der Schären. Festland ist schon nicht mehr auszumachen, und es ist auch keine andere Insel in Sicht. Ich weiß aber, dass eine da sein muss, nicht allzu weit entfernt. Denn ich habe sie gesehen, als ich noch an Bord war.

Oder habe ich mich getäuscht?

Die Tage vergehen, und meine Gedanken beginnen zu kreisen. Und dabei immer größere Kreise zu ziehen.

Ich weiß, dass ich an der Schärenküste bin. Schließlich sind wir lange genug durch die Schären gefahren. Diese Insel kann nicht weit draußen sein. Und nicht abgelegen.

Kurz vorher waren noch Inseln zu sehen, und im letzten Moment konnte ich zwei von ihnen ausmachen. Wenn ich zu einer von ihnen gelangt bin, kann die andere nicht allzu weit entfernt sein.

Es sei denn, ich hätte mich wirklich getäuscht. Und es hat diese andere Insel gar nicht gegeben. Kann es sein, dass wir die Schären zu diesem Zeitpunkt bereits hinter uns gelassen hatten? In jener Nacht, bevor sie mich ins Meer warfen, lag das Boot vor Anker. Am Abend zuvor allerdings, während wir anderen kochten und lachten und aßen und tranken, hatte der alte Mann das Schiff gesteuert, die meiste Zeit. Hatten wir uns dabei von der Küste wegbewegt?

Doch diese Insel sieht genauso aus wie tausend andere in diesem Teil der Welt. Kleine hingeworfene Stücke Land mit Häusern und Schuppen und Bootsstegen. Manche von ihnen tragen mehrere Gebäude. Viele nur ein einziges, weil die Inseln winzig sind. So wie diese.

Es gibt hier Strom, aber weder das Licht noch die Elektrogeräte funktionieren. Und es gibt ein Telefon, das schweigt. Wie lange schon?

Ich bekomme es mit der Angst zu tun. Ich hinke über die Insel, betrachte das Haus, den Bootssteg, den Schuppen, das Gras, das ganze Gelände. Hier ist schon lange niemand mehr gewesen. Die abblätternde Farbe, das hoch sprießende Gras … Sogar das Verfallsdatum der Konserven gibt einen Hinweis. Sie sind noch haltbar, aber nicht mehr lange.

Was ist, wenn die Besitzer des Hauses die Insel für immer verlassen haben? Wenn sie zum Verkauf steht, wer weiß, wie lange? Wie lange stehen Schäreninseln zum Verkauf?

Nach etwa zehn Tagen sehe ich endlich ein Boot. Ein kleines weißes Boot, das schnell vorüberzieht. Ich kann das Tuckern des Motors hören, von ferne. Ich stehe am Ufer und rufe und winke. Ich schreie mir die Seele aus dem Hals. Aber innerhalb weniger Minuten ist das Boot aus dem Blickfeld verschwunden.

Danach fällt Nebel ein, für Tage bleibt es trübe und undurchsichtig. Einmal glaube ich, einen Motor zu hören, noch ferner als das letzte Mal. Doch das Geräusch ist schnell wieder verschwunden.

Meine Situation kommt mir ein bisschen albern vor. Ich sitze in einem Haus in einem der am dichtesten besiedelten Teile dieser Erde, um mich herum, in Reichweite, Inseln und Festland. Und bin doch abgeschnitten von der Welt.

Ich versuche, mir ein Bild von den Bewohnern zu machen, aber die Anhaltspunkte sind spärlich. Möbel, Bilder an der Wand, einige Bücher, in einem kleinen Wandregal im Wohnraum und auf dem Beistelltisch neben der Couch. Schwedische Bücher, von einigen Ausnahmen abgesehen. Englische und französische Ausgaben. Die meisten und deutlichsten Hinweise finden sich im Schlafzimmer, dank der Sachen im Schrank. Sweatshirts, ein Hemd, eine alte Jacke. Ledergürtel, Handschuhe. In den Schubladen kommen Socken und Unterwäsche zum Vorschein, nur wenige Teile. Ein Nachthemd, ein Badeanzug.

Ein schwedisches Ehepaar, offenbar um die fünfzig, der Kleidung und den wenigen Utensilien im winzigen Badezimmer nach zu urteilen. Er ist groß und stämmig, sie etwas kleiner und schmal. Sie hat halblanges, dunkles Haar – sofern die Haare, die ich im Waschbecken finde, von ihr stammen. Mehr kann ich nicht herausbekommen. Nicht einmal Namen. In einem Telefonbuch entdecke ich Nummern und Namen, die jemand eingekreist oder unterstrichen hat, und weitere hingekritzelte Nummern. Aber damit kann ich nicht das Geringste anfangen.

Die Schnitte in den Handflächen heilen in der Tat schnell, auch kleinere Blessuren, die ich davongetragen habe. Doch das Knie ist aus den Fugen, es ist äußerlich sichtbar, dass es zerschmettert ist. Eine offene Verletzung liegt nicht vor, doch das Bein nimmt dort fürchterliche Farben an, und der Schmerz will nicht vergehen, wird zuweilen unerträglich. Weil offenbar etwas nicht heilen kann. Aus der Form ist und womöglich fehlerhaft zusammenwächst. Folglich bin ich in meiner Bewegungsfreiheit arg eingeschränkt. Ich humpele, krieche, springe auf einem Bein umher. Immer unter Schmerzen.

Die Vorräte gehen mir aus, und ich werde schnell Strategien entwickeln müssen, Nahrung zu beschaffen. Zu sehr habe ich mich während der ersten Tage darauf verlassen, dass jemand kommen wird. Dass ich jemanden herbeiwinken kann. Ich habe Mehl und Reis in den Restbeständen gefunden und weiche uralte Reiskörner in Wasser auf. Aber auch das wird nur für einige Tage reichen.

Im Schuppen, den ich aufgebrochen habe, finde ich altes Angelzeug. Eine uralte Rute mit verhedderter Leine und einem löcherigen Plastikschwimmer. Eine Ausrüstung, die kein Angler mehr in die Finger nehmen würde. Aber ich bin nicht wählerisch. Ich entwirre die Leine und mache mich daran, sie auszuwerfen. Vom Angeln habe ich keine Ahnung. Es ist die reine Improvisation. Würmer auf einen Haken, ins Wasser damit, an flachen Uferstellen. Ich weiß nicht mehr, wie oft ich die Stelle wechsele und mit der Länge der Leine experimentiere, bis sich endlich etwas tut. Als zum ersten Mal ein Fisch am Haken hängt, verspüre ich etwas, was ich für einen verschütteten Urinstinkt halte: den Triumph des Jägers.

Der Fisch schmeckt scheußlich und ist voller Gräten. Aber ich fange andere, immer öfter. Und das muss ich auch, wenn ich nicht verhungern will. Ich kann in einem Bett schlafen und auf der Couch in Büchern lesen, aber ich habe bald nichts mehr zu essen außer dem Fisch, den ich fange.

Das hier entwickelt sich zu einem Albtraum. Wenn es nicht von Anfang an einer war. Wochen sind vergangen. Ich weiß nicht mal, wie viele. Nachts wird es jetzt wieder dunkel, für ein paar Stunden.

Wenn ich in den trüben Spiegel im Badezimmer blicke, sehe ich mit Schrecken mein abgemagertes Gesicht. Mein Bein ist steif, ich kann es nicht mehr bewegen. Die Schmerzen haben mit der Zeit nachgelassen, nur manchmal kommen sie noch, meistens nachts oder wenn ich zu lange unterwegs bin und das Bein zu sehr belaste. Ich hinke von einem Ufer der Insel zum anderen, wie eine Raubkatze in ihrem Käfig. Ich sehe Boote vorbeifahren, aber keines kommt mir nahe. Nahe genug. Eines Tages zieht eine Segeljacht vorüber, sie sieht fast so aus wie die, von der aus man mich ins Meer befördert hat, ein weißes Boot mit aufgezogenen Segeln, die sich in der steifen Brise blähen. Ich kann sogar Menschen an Bord erkennen, einen Mann mit einer Mütze, eine blonde Frau, ein Kind. Ich stehe am Ufer und schreie und winke um mein Leben. Und dort drüben winken sie zurück und fahren dann weiter.

Es *ist* ein Albtraum.

Ich spüre, wie ich schwächer werde. Manchmal habe ich tagelang nichts Richtiges zu essen. Aus Erzählungen und irgendwelchen Reportagen weiß ich, dass Menschen in Notzeiten Baumrinde gegessen haben. Und so esse ich Baumrinde. Unter der abgelösten Rinde kommen Maden und Würmer zum Vorschein. Ich sammele und koche sie, würge sie hinunter und tue mir dabei selber leid. Ich weine oft, vor Selbstmitleid, Verzweiflung und Wut.

Ich erkälte mich, wohl bei meinen Angelmanövern, in dem anhaltend stürmischen Wind. Nase und Rachen sind verschleimt, ich bekomme Fieber, huste mich in den Schlaf. Medikamente habe ich keine mehr. Ich werde an einer verdammten, popeligen Erkältung sterben, denke ich, denn ich fühle mich so schwach, dass ich das für möglich halte. Ich liege da, huste und röchele, und während ich mich – zu meiner Überraschung – langsam erhole, lasse ich meine Gedanken treiben.

Ich denke an Susann. Ich sehe sie vor mir. Dann wieder

frage ich mich, wie sie aussah. Ich verfluche sie. Ich habe Mitleid. Ich nenne sie eine Hure, wie Alex es getan hat. Ich onaniere in Gedanken an sie. Es endet immer damit, dass ich mich selbst verfluche. Weil ich so dumm war, mich auf so etwas einzulassen.

Aber sie war so verlockend. So verführerisch. Hatte so etwas an sich, dem ich nicht widerstehen konnte. Ich denke darüber nach, was sich da eigentlich abgespielt hat. Was war das zwischen uns? Auf den ersten Blick mag es wirken wie die bloße animalische Gier. Und das war es zu einem Teil sicherlich auch. Aber das war nicht das Entscheidende. Es hatte so etwas davon, dass sich zwei Menschen finden. Zwei, die füreinander bestimmt sind. Als ob sie schon lange aufeinander gewartet hätten.

*Nein, das habe ich mir nicht bloß eingebildet!*

Manchmal hält das Leben Überraschungen bereit. Dinge, mit denen man nie gerechnet hätte. Die man immer für blanken Unsinn gehalten hat. Große Liebe auf den ersten Blick. Füreinander bestimmt sein.

*Ihr wolltet es miteinander treiben, das war alles!*

Wie ich dieses Scheusal hasse, das versucht, mir so etwas einzureden. Wie viele Debatten ich ausfechte mit diesem anderen Ich, diesem selbst erklärten Realisten und Richter in mir, der alles besser zu wissen glaubt. Der immer zu wissen glaubt, wie die Dinge eigentlich sind. Ich humpele durch den Wohnraum dieses Hauses am Ende der Welt und argumentiere laut und brülle ihn an. Diese einsamen Abende sind so entsetzlich. Es gibt nichts zu tun, als sich selbst zuzuhören.

Es ist lächerlich, hier auf dieser Insel zu sterben. Es muss einen Ausweg geben. Irgendeinen. Schwimmen kann ich nicht. Ein Boot habe ich nicht. Bauen kann ich keins.

Holz bietet das Haus. Vielleicht könnte es mir gelingen, ein Floß zu bauen. Wenn ich noch kräftiger wäre. Das hätte ich früher versuchen sollen. Und doch ist das Haus meine einzige Chance. Sein Holz ist Baumaterial.

Und Brennmaterial.

Am Strand ein großes Feuer machen, schießt es mir durch den Kopf. Ich muss irgendwie die Aufmerksamkeit auf mich lenken. Mit einem Feuer, das nachts hell leuchtet. Und tagsüber viel Rauch entwickelt.

Und so beginne ich, die Holzleisten von den Wänden zu reißen. Zuerst im Schlafzimmer. Ich verlege meinen Schlafplatz in den Wohnraum, zerlege und zerhacke das Bett und den Schrank. *Warum ist dir das nicht früher eingefallen!* Es geht entsetzlich langsam, ich finde kaum noch die Kraft für irgendeine Tätigkeit. Nur mit Mühe gelingt es mir, am Bootssteg einen Feuerplatz anzulegen, dort die Holztrümmer aufzuschichten. Kaum habe ich das halbwegs geschafft, setzt plötzlich schwerer Regen ein. Ich mühe mich ab, das Holz wieder zurück ins Haus zu schleppen.

Wo ich zusammenbreche.

Ich habe das Rennen verloren. Ich krieche auf mein Schlaflager in einer Ecke des Wohnraums. Liege da und höre den Regen auf das Dach prasseln. An meinen Händen und Armen treten die Knochen hervor. Im Spiegel habe ich mich schon länger nicht gesehen. Ich dämmere dahin, erwache manchmal, nur halb. Es ist dunkel. Dann wieder hell. Hunger und Durst sind schrecklich.

Der Regen hat aufgehört.

*Du wirst sterben.*

*Ja, das weiß ich auch!*

Sicher hat man mich vermisst, hat Nachforschungen angestellt und nach mir gesucht. Nur hat niemand gewusst, wo.

Etwas in mir flammt auf. Wie ein kleines Licht. Auch das habe ich immer für übertriebene Dramatik gehalten. Aber auch das gibt es wirklich. Etwas in mir bäumt sich noch einmal auf. Ich will nicht sterben, ums Verrecken nicht.

Ich schleppe mich in die Küche, hole den Kanister hervor, der dort im Kasten unter der Spüle steht, schraube den Verschluss auf und lasse das Kerosin herauslaufen. Ich bin zu schwach, es über das aufgestapelte Holz zu schütten oder zu verteilen. So lasse ich einfach einen Teil aus dem Kanister gluckern und den Läufer in der Diele sich mit der öligen Flüssigkeit vollsaugen.

*Warum hast du daran nicht früher gedacht*, sage ich mir, entzünde ein Streichholz und werfe es auf den vollgesogenen Läufer. Eine riesige Flamme pufft auf, ich spüre ihre Hitze. Dann krieche ich mit letzter Kraft ins Freie, krieche weiter bis unter die Bäume, während hinter mir das Haus in Flammen aufgeht.

Der Anwalt macht mir Mut, zwinkert mir zu. Beim Prozess, dem ich mich stellen muss. Natürlich. Immerhin habe ich ein Haus angezündet. Darüber waren die Besitzer, die Frau des verstorbenen Hausbesitzers und seine Erben, gar nicht erfreut. Und deshalb haben sie mich verklagt.

Man kann nicht einfach Häuser anzünden, auch wenn das in einer Notsituation die einzige Rettung ist. So geht das nicht. Da haben Behörden und Versicherungsgesellschaften schwer was dagegen.

Ich wollte ein wenig Abenteuer in mein tristes Leben bringen, und, weiß Gott, das habe ich bekommen. Was eigentlich nur ein eher nostalgischer Skandinavien-Trip mit Rucksack und Zelt werden sollte, hat mein ganzes Leben verändert. Und zwar gründlich.

Während der elend langen Wochen im Krankenhaus in Stockholm habe ich zwangsläufig Schwedisch gelernt. Das meiste von den Schwestern und Pflegern. Wo ich doch vorher kaum ein Wort kannte. Sie haben auf der Schwelle von Leben und Tod an mir gezerrt und mich mühsam auf ihre Seite gezogen. Sie haben mein Knie dreimal operiert. Sie haben gesagt, ich sei ein Glückspilz. Und mir nicht verziehen, dass ich nach Büchern eines finnischen Autors verlangte. Ausgerechnet.

Aus meinem auf höchstens drei Wochen angelegten Trip ist mittlerweile fast ein Jahr geworden. Ich muss vor Gericht, weil ich ein Haus angezündet habe. Auf einer Insel, die ich unbefugt betreten habe. Es ist einfach nicht zu fassen. Wenn es nicht so ernst wäre, müsste man lauthals lachen.

»Ich habe das Haus angezündet, um meinen Arsch zu retten!«

Der Richter fordert mich auf, mich zu mäßigen, und gratuliert mir dann zu meinen in so kurzer Zeit so weit gediehenen Sprachkenntnissen.

Es ist eine Angelegenheit der Versicherung, ich werde freigesprochen. Aber das weiß ich zu diesem Zeitpunkt noch nicht.

Ich weiß noch nicht, dass ich endgültig in diesem Land bleiben werde.

Während meiner letzten Tage im Krankenhaus war ein junger Mann in einem grauen Anzug an meinem Bett erschienen, um mir seinen Bericht vorzulegen.

»Und, was haben Ihre Nachforschungen ergeben?«

»Sie ist es, eindeutig. Wir haben ihre Adresse in Norrköping.«

»Und … lebt sie dort allein?«

»Ja. Ihre Verbindung zu Johansson hat sie gleich nach der Rückkehr aufgegeben.«

»Das heißt, sie ist gegangen? Oder hat er sie verlassen?«

»Soviel ich erfahren konnte, hat man sich im Streit getrennt. Sie war es, die die Verbindung gelöst hat. Sie lebt jetzt allein in einer Zweizimmerwohnung. Das hier ist ihre Adresse.«

Sandgren hatte gute Arbeit geleistet, seine einzigen Anhaltspunkte waren der Name des Bootes und ein paar Vornamen gewesen.

Zwei Wochen später, am Tag nach dem Prozess, stehe ich vor einem alten Reihenwohnhaus im Zentrum von Norrköping und klingele an der Tür. Niemand öffnet. Ich spaziere um den Block und sehe mir die Auslagen der Geschäfte an, sehe mich selbst in einem Schaufenster. Ich bin immer noch sehr schlank, das Gesicht ist noch schmal. Es ist ungewohnt, aber ich sehe nicht mehr krank aus. Der Tod hat sich mittlerweile ganz zurückgezogen.

Dann gehe ich wieder zu dem Haus, und als immer noch niemand öffnet, setze ich mich in ein Lokal und trinke Kaffee. Vielleicht werde ich irgendwo übernachten müssen. Oder noch mehrmals zurückkommen.

Aber nach nur einer Viertelstunde sehe ich sie draußen vorbeigehen. Sie ist es, eindeutig. Ich zahle hastig, stürze hinaus und folge ihr.

Als sie vor ihrer Haustür stehen bleibt, habe ich sie eingeholt.

»Hallo«, sage ich. »Hallo, Susann.«

Sie fährt herum, steht da und starrt mich an. Eine ganze Weile.

»Mein Gott«, sagt sie. »Oh mein Gott.« Kommt langsam auf mich zu.

Und dann berühren wir uns, endlich wieder.

Wie ich schon sagte, mein Leben hat sich verändert. Gründlich verändert.

# DIE ZWÖLFTE INSEL

»Mann, was machen Sie denn hier?«

»Entschuldigung, aber ich … strande hier gerade.«

Sage ich auf Englisch, so wie ich auch angesprochen wurde.

»Sind Sie denn wahnsinnig? Das … das geht jetzt nicht!«

»Äh … was?«

Der Mann ist kräftig, hat eine tolle Figur. Wie man gut sehen kann, weil er bis auf einen Lendenschurz nackt ist. Ein dunkelhäutiger Eingeborener von der urtümlichen Sorte. Er trägt einen Nasenring und hat auf dem Rücken so etwas wie einen Köcher. Ja, einen Köcher mit Pfeilen. Giftpfeile, denke ich. Bestimmt.

Englisch kann er jedenfalls, wenn auch nicht akzentfrei. Ein Weißer, der aus seinem vollgelaufenen Boot erschöpft an den Strand krabbelt – da hat er sofort geschaltet und es mit seiner Eingeborenensprache erst gar nicht versucht.

»Sie können jetzt hier nicht stranden. Unmöglich! Verschwinden Sie! Und zwar ganz schnell!«

Verschwinden? Ja, um Gottes willen, wohin denn?

»Ich … ich komme doch gerade erst an Land. Ich bin völlig erschöpft … und habe Durst. Durst!«

»Okay«, sagt er, zu meiner sehr vorübergehenden Erleichterung. »Okay, ich gebe Ihnen was zu trinken. – Aber dann müssen Sie hier verschwinden!«

Vielleicht bin ich ja noch nicht ganz klar. Klar, die ganze Aufregung. Wie ich das Leck im Boot bemerkte. Wasser schöpfte wie ein Verrückter, fast die ganze Nacht. Bis ich nicht mehr konnte. Dann kam dieses Land in Sicht, und mein vollgelaufenes Boot wurde angeschwemmt. Was höchste Zeit war. Denn noch hundert Meter, und es wäre endgültig abgesoffen. Diese Küste ist die Erfüllung all meiner Gebete, ich verlasse das Wrack, rette noch gerade die Tasche mit der Kamera und krieche auf allen vieren an den Strand – und dann so was!

Das kommt davon, wenn man in einer Nussschale durch die ozeanischen Gewässer tuckert und den Abenteurer spielt.

Instinktiv habe ich das Gefühl, ich muss auf den Mann einreden. Um irgendetwas zu erreichen.

»Es ist wegen Ihrer Leute, stimmt's? Die sind auf Fremde nicht gut zu sprechen. Wahrscheinlich habe ich ein Tabu gebrochen oder so was, und jetzt machen Sie sich Sorgen, dass die mich entdecken. Das ist wirklich sehr nett. Aber können Sie nicht einfach ...«

»Was reden Sie denn da für einen Blödsinn?«

»Na ja, Sie sehen schließlich ziemlich ... wild aus, und da dachte ich ...«

»Ach, das«, sagt er und schaut an sich herunter. »Sehen Sie, genau deswegen ...«

In diesem Augenblick erscheinen in der Bucht am Waldrand Männer und rufen uns zu. Einheimische zwar, der Hautfarbe nach zu urteilen, doch sie tragen Hosen und Hemden und Schuhe, sehen ganz normal aus. Einer der drei hat sogar ein mobiles Telefon am Ohr. Als sie näher kommen, ist meine Erleichterung so groß, dass ich mich zurückhalten muss, um die Rufe nicht lautstark zu beantworten.

»Was macht der denn hier?«, fragt der eine von ihnen. »Mann, der muss sofort hier verschwinden!«

»Ich weiß«, sagt der Wilde, der mich gefunden hat. »Hab ich ihm auch schon gesagt.«

Die drei glotzen mich an. Ich hocke da im Ufersand, völlig ausgelaugt vom stundenlangen Wasserschöpfen, bin noch nicht mal aufgestanden. Ich glaube, ich könnte es gar nicht.

»Wir sind jetzt fertig«, sagt der Sprecher der drei, ohne den Blick von mir abzuwenden. »Das Boot haben wir versenkt. Und alles vergraben. Jetzt nur noch unsere Sachen!«

Der mit dem Telefon hat sein Gespräch beendet.

»Alles klar, sie sind gleich hier!«, sagt er.

»Und was machen wir mit dem da? Wer ist das überhaupt?«

»Ist hier gestrandet, wurde an Land gespült.«

»Ausgerechnet jetzt? Das darf doch wohl nicht wahr sein!«

Ich frage mich, warum sie die ganze Zeit englisch reden, aber mir soll's recht sein. Vielleicht sind sie gar nicht alle von hier. Während ich nachdenke, reden sie weiter, und ich begreife nur so viel, dass es eine Frechheit von mir ist, zu existieren.

»Erst mal weg hier vom Strand!«

Einer von ihnen reißt mich hoch, und da ich mich kaum auf den Beinen halten kann, zerren sie mich hinüber, dorthin, wo der dichte Bewuchs der Insel beginnt.

»Was ist denn überhaupt los?«, frage ich.

»Was los ist?«, faucht der Anführer des Trios. »Sie vermasseln uns alles, das ist los!«

»Wieso vermasseln?«

»Mann! Ein Steinzeitstamm auf einer Insel, der noch nie Kontakt zur Zivilisation hatte – und dann kommen ausgerechnet Sie mit Ihrem Motorboot, Ihrer Kamera … und Schuhen mit Klettverschluss!«

Steinzeitstamm?

»Wieso Steinzeitstamm? Sie tragen doch auch Schuhe. Und Jeans und …«

»Herrgottnochmal! Natürlich tragen wir Jeans und Schuhe. Jedenfalls noch. Gleich aber nicht mehr … Also los, beeilt euch, ausziehen und dann die Sachen vergraben!«

Seine beiden Begleiter gehorchen und ziehen ihre Sachen aus. Alles. Im Handumdrehen sind sie splitternackt.

»Hier, die Nasenringe! Und den Lendenschurz nicht vergessen.«

»Heißt das … Sie drehen hier einen Film?«

»Mann, ist das denn so schwer zu verstehen? Wir machen hier auf Steinzeit. In einer halben Stunde wird in der

Bucht ein Schiff landen, an Bord der Professor und seine Leute. Bis dahin muss alles fertig sein!«

Es raschelt im Gebüsch, und neben uns taucht urplötzlich eine Frau auf. Eine Frau mit herrlich olivfarbener Haut und langen, dicken schwarzen Haaren. Sie trägt ineinandergeflochtene Blätter um die Hüften – und sonst nichts.

Sie fragt die anderen, ob sie so weit seien. Erst nach einigen Sekunden bemerkt sie mich.

»Wer ist das denn?«

»Ein Gestrandeter.«

Sie stehen alle um mich herum und betrachten mich wie ein seltenes Tier. Sie reden, aber ich kann ihnen kaum noch folgen, denn meine Kräfte sind am Ende, ich japse nur noch vor mich hin.

»Verdammt! Man sieht ja noch die Abdrücke von deinem BH!«

»Das geht gleich weg. Keine Panik! Kümmert euch mal lieber um den Mann. Seht ihr nicht, dass es ihm schlecht geht? Er braucht was zu trinken!«

Sie verschwindet, taucht aber sofort wieder auf, kniet neben mir nieder und hält mir eine Wasserflasche an den Mund.

»Wo kommt die denn her? Seid ihr wahnsinnig! Wenn hier gleich auch nur noch eine einzige Plastikflasche oder Dose herumliegt, dann ist alles im Eimer!«

»Kein Grund zur Aufregung. Das ist die letzte!«

Mit Aussicht auf ihre Brüste trinke ich gierig. Sie flößt mir geduldig fast die ganze Flasche ein, dann erhebt sie sich wieder.

Das Wasser erfüllt mich regelrecht mit neuem Leben. Ich atme durch und komme mühsam wieder auf die Beine.

»Was soll dieses ganze Theater?«, frage ich.

»In wenigen Minuten wird ein amerikanischer Forscher ein Team von Kollegen und Journalisten auf diese Insel führen und ihnen zeigen, was er kürzlich entdeckt hat: einen Eingeborenenstamm, der noch nie mit der modernen Welt in Berührung gekommen ist. Von so was haben Sie doch bestimmt schon mal gelesen.«

»Ja, hab davon gehört. Passiert ja immer wieder mal. Wenn Sie mich fragen, halte ich das allerdings für ziemlichen Blödsinn. Steinzeitmenschen im 21. Jahrhundert?«

»Natürlich ist das absoluter Quatsch. Aber wir sehen gar nicht ein, warum immer andere die Lorbeeren einheimsen, die ganze Publicity und so. Wir dachten uns, jetzt sind wir mal an der Reihe.«

»Eigentlich war es die Idee des Professors«, erklärt die Frau, die eine niedliche Oberlippe hat und ziemlich gut Englisch spricht, fast ohne Akzent. »Er bekommt die Lorbeeren und wir das Geld. Mit seiner Hilfe. Denn natürlich wird man uns beobachten wollen und filmen.«

»Ja«, sagt der Wilde, der mich gefunden hat. »Da steckt eine Menge Geld drin.«

»Also alles nur Theater? Und … seid ihr der ganze Stamm?«

»Natürlich nicht. Die anderen warten schon auf uns. Es ist alles vorbereitet. Nachdem wir diese Insel gefunden hatten, mussten wir mitten im Dschungel alles herrichten. Material beschaffen. Eine wochenlange Schufterei. Schließlich muss alles echt aussehen, mit Hütten und Ziegen und so. Wir mussten sogar lernen, wie man Feuer macht.«

»Aber dann müsst ihr doch eine Weile leben wie Primitive. Ist das nicht ein bisschen viel Aufwand, ohne allen Komfort?«

»Das wird nicht lange dauern«, sagt die Eingeborenenfrau. »Wir kommen in Kontakt mit der Zivilisation, skrupellose Reporter bringen uns heimlich Spiegel und Pfannen und Laptops. Und im Handumdrehen leben wir wieder wie vorher.«

»Aber wir werden noch jahrelang Gegenstand von Studien und Untersuchungen sein. Und jedes Mal kassieren.«

Der Sprecher der drei Ankömmlinge hat sich ebenfalls aller Kleidung entledigt. Er legt seinen Nasenring an.

»Wir müssen jetzt los«, sagt er. »Drei Stunden strammer Marsch ins Inland. An der Küste können wir nicht bleiben, das wäre nicht plausibel. Steinzeitstämme müssen immer im Hinterland leben.«

»Ja, das sehe ich ein. – Aber was soll denn jetzt aus mir werden?«

»Mann, Sie kommen wirklich ungünstig.«

»Wieso«, sagt die Eingeborenenfrau. »Lasst ihn doch hier stranden. Ich meine: sobald wir weg sind. Wenn sich das Schiff nähert, gehen Sie zurück in die Brandung, so als ob Sie gerade erst ankommen. Da können Sie sich gleich retten lassen – und niemand schöpft Verdacht.«

Man schaut sich gegenseitig an und nickt einmütig.

»Stimmt«, sagt der Wilde.

»Vorausgesetzt natürlich … Sie verraten uns nicht.« Die Miene des Chefsprechers verdüstert sich.

Ich fange den Blick der Eingeborenenfrau auf. Was nicht schwer ist, da ich sie ohnehin fast die ganze Zeit angucke.

»Das wird er nicht«, sagt sie. »Oder?«

»Bestimmt nicht«, versichere ich. »Ich sage kein Wort.«

Der Chef nickt und übernimmt wieder das Kommando.

»Los, die Sachen vergraben. Und dann Aufbruch. Es wird höchste Zeit.«

Sie nehmen Aufstellung für einen Gänsemarsch in den Dschungel. Alle drehen sich noch einmal zu mir um, nicken mir zu, winken.

»Also dann …«

»Wiedersehen! Und … viel Erfolg!«

»Oh … und denken Sie daran, die Fußspuren zu verwischen, wenn Sie den Strand verlassen!«

»Na klar!« Ich bin ja nicht dämlich.

Sie sind fort. Ich stehe da und weiß noch gar nicht recht, wie mir geschieht. Die machen sich Sorgen, ich könnte sie verraten … Wie denn? So was könnte ich doch ohnehin keinem Menschen erzählen.

Es dauert tatsächlich nur Minuten, bis das Schiff auftaucht. Ich verwische mit einem Zweig alle Spuren und schüttele den Kopf, während ich wie verabredet durch die

Brandung zurück an Bord des vollgelaufenen Bootes gehe, damit sie mich so vorfinden.

Fünf Mann kommen in einem Beiboot, und das gibt eine ziemliche Aufregung, der mitgereiste Fotograf packt gleich seine Kamera aus. Meine ist beim Rückspulen der Ereignisse endgültig nass geworden. Sie führen mich an den Waldrand, in den Schatten, geradewegs dorthin, wo ich eben erst gesessen habe. Man flößt mir Wasser ein – was mir jetzt schon ein bisschen viel wird, ich kriege einen Wasserbauch – und gibt mir Schokoriegel zu essen. Nur der Professor, ein dürrer älterer Mann mit einem Kopftuch nach Piratenart, beäugt mich etwas besorgt.

»Haben Sie hier irgendjemanden gesehen?«, fragt er.

»Nein«, sage ich, »niemanden. Ich glaube, diese Küste ist völlig verlassen.«

Dabei schiebe ich mit dem Fuß die leere Wasserflasche ins Unterholz, die da immer noch liegt. Bevor der Kerl mit der Kamera sie entdeckt.

Wenn man sich nicht selbst um alles kümmert …

»Gut«, sagt der Professor. »Wir starten hier eine Expedition in den Urwald, in eine abgelegene Gegend. Das Schiff wird uns hierlassen und gleich wieder ablegen, da können Sie mitfahren, und es kann Ihr havariertes Boot in Schlepp nehmen.«

»Mann«, sage ich. »Sie kommen wirklich wie gerufen. Als … hätte man Sie herbestellt.«

Ich grinse, und er blickt etwas säuerlich drein.

Kurz darauf bin ich schon an Bord des Schiffes. Als ich mich noch einmal der Küste zuwende, sehe ich die fünf

Männer zwischen den Bäumen verschwinden. Genau dort, wo die Frau mit den großen, dunklen Augen mir einen letzten Blick zugeworfen hat.

Ich lande in einem erbärmlichen Nest auf einer der größeren Inseln, und als ich nach einigen Tagen wieder halbwegs zivilisiertes Terrain erreiche, steht es bereits in allen Zeitungen. Große Berichte, mit Fotos. Darauf sind Hütten zu sehen, Feuerplätze und einige wild aussehende Gestalten. Ich kann den Chefsprecher ausmachen und den mit dem Telefon. Und Frauen im Hintergrund.

Da steht, dass man die Position des Dorfes im Dschungel fürs Erste nicht preisgeben werde. Man wolle alles tun, um die Isolation der Gruppe zunächst zu wahren. Und den »Naturmenschen« damit den zu befürchtenden Kulturschock ersparen.

Nur wenige Tage später befinde ich mich auf dem Marsch durch den dichten Dschungel.

Es war nicht schwer, den Teil der Küste wiederzufinden, aber nicht ganz leicht, die Patrouillenboote zu umgehen, die hier überall kreuzen. Ich bin gut zwanzig Kilometer entfernt von der Bucht gelandet, wo ich vor Kurzem angeschwemmt wurde. Aber die Landmarken im Hintergrund, an den Ausläufern der Berge, sind noch zu erkennen.

Mein Rucksack ist gut gepackt, ich habe alles, was ich brauche, um notfalls einige Tage auszuhalten. Erstaunlich, was man so alles unterbringen kann. Natürlich auch ein Bandgerät und eine Kamera. Und überhaupt lauter nützliche Dinge.

Einen Spiegel.

Eine Pfanne.

Ein Laptop.

Es stimmt, manche Journalisten sind skrupellos. Abscheulich skrupellos. Eine Rasse von selbstsüchtigen Geiern, die niemals ausstirbt.

# DIE DREIZEHNTE INSEL

Die dreizehnte Insel, auf der ich strande, liegt in einem Fluss, und dieser Fluss ist der Mississippi.

Ich bin auf der Jackson-Insel, auf der Illinois-Seite des Stroms, und durch die Zweige der Bäume am Ufer sehe ich drüben auf der anderen Seite im Heraufdämmern des Abends die Lichter von St. Petersburg.

Ich bin ein Junge von zehn oder elf Jahren, und ich bin schon oft auf dieser Insel gewesen. Und ich werde immer wieder zu ihr zurückkehren, solange ich lebe.

# DIE VIERZEHNTE INSEL

Fünfzehn Monate bin ich auf dieser Insel. Fünfzehn Monate Einsamkeit. Fünfzehn Monate Kampf ums Überleben.

Fünfzehn Monate … Das ist länger als ein Jahr.

Die meiste Zeit habe ich im Wrack des gestrandeten Schiffes gewohnt. Gott weiß, wie lange das hier schon liegt. Einige Jahre vermutlich. Der Rost ist schon im Begriff, den Rumpf zu zerfressen. Ein stählerner Frachter, in dessen Laderaum Früchte in Kisten und Kokosöl in Fässern vor sich hin faulen. Er liegt am Strand, halb in Kies und Sand versunken, mit starker Schlagseite. So stark, dass die Seitenwände der Innenräume als Boden dienen, aber auch sie sind geneigt, und in dieser Schieflage zu leben, über dem Kopf ein Bullauge als spärliche Lichtquelle, ist nicht gerade ein Vergnügen – ich muss es wissen, denn ich habe es monatelang getan. Es gibt Schöneres, als durch fast in die Horizontale geneigte Türöffnungen zu klettern und auf einer Rampe zu schlafen. Aber am Anfang war dieses Wrack für mich ein Segen. Es bot mir Schutz vor der Witterung, vor Kälte und Regen, und in der Kombüse gab es einige Konserven, die noch brauchbar waren. Das Schiff ist offenbar verlassen worden, das Beiboot fehlt, und es ist anzunehmen, dass die Besatzung sich nach dem Auflaufen damit in Sicherheit gebracht hat. Denn Leichen sind keine an Bord, und es fehlt alles, was von Belang sein könnte. Nur einige Konserven sind zurückgeblieben, ein paar Kleidungsstücke, etwas Werkzeug. Die Besatzung hat sich mit dem Beiboot davongemacht, und entweder haben sie nie ein Ziel erreicht, oder das havarierte Schiff wurde nicht für wert genug befunden, deswegen noch einmal hierher zurückzukehren.

Oder aber diese Insel wurde nicht wiedergefunden.

Ohne das Wrack und die wenigen Hinterlassenschaften an Bord hätte ich die ersten Tage nicht überleben können. Als der Sturm über die Insel wütete und die Temperaturen kaum über null lagen. Und ich nass war und entkräftet und halb erfroren. Ich verkroch mich ins Innere, bedeckte mich mit Lumpen und schlief. Fing das Regenwasser auf, in einem geborstenen Plastikeimer. Saß im Dunkel einer schräg gestellten Kajüte, jeden Moment erwartend, dass dieses rostige Wrack über und unter mir zusammenbrach, und heulte.

Ich habe nie in meinem Leben so geweint.

Mag sein, dass für so etwas einfach keine Zeit gewesen wäre, wenn der Sturm nicht getobt und ich Gelegenheit gehabt hätte, die Insel zu erkunden, nach Nahrung zu suchen, erfüllt von einer wilden, kindlichen Hoffnung, jeden Augenblick Menschen oder ein Haus oder ein Schiff zu finden. Aber ich saß tagelang eingesperrt in ein dunkles Wrack am Ende der Welt, konnte kaum etwas anderes tun als ins Dunkel starren und mich meinen Ängsten und meiner Verzweiflung hingeben. Immerhin musste ich nicht nur um mein Leben fürchten und den Schock überwinden, unter dem ich stand. Ich hatte auch alles verloren, was mir wichtig war. Das Wichtigste in meinem Leben.

Nicht mal das konnte ich tun: nicht mal Ausschau halten am Strand, nicht mal suchen. Nicht mal einer verzweifelten Hoffnung nachgehen.

In Büchern und Filmen erscheint das Stranden an einer unbekannten, einsamen Küste meist abenteuerlich und aufregend und hat mehr oder weniger etwas Romantisches. Aber von einem Sessel aus ist ja selbst der Krieg eine aufregende Sache.

Doch es ist nichts Romantisches daran, in einer Schiffskabine zu erwachen, die in atemberaubender Geschwindigkeit mit kaltem Wasser vollläuft. Bei Notbeleuchtung und schließlich ganz im Dunkeln gegen strömende Wassermassen anzukämpfen, auf gut Glück, in irgendeine Richtung, die sinnvoll erscheint, sich steile Treppen und Aufgänge emporzuhangeln. Und dann zu spüren, dass da nur noch Wasser ist, wie es mit dem Seegang auf und ab geht, in völliger Dunkelheit.

Ich weiß nicht, was geschehen ist, nur dass es schnell ging, verdammt schnell. So schnell, dass mir kein Anhaltspunkt im Gedächtnis geblieben ist. Ich habe Menschen rufen und schreien hören, aber nicht einen einzigen sehen können. Die Schreie wurden vom Lärm der Wassermassen beinahe übertönt, und kaum war ich ganz und gar von Wasser umgeben, war nichts Menschliches mehr zu hören außer meinem eigenen panischen Gebrüll. Von nirgendwoher kam eine Antwort. Vor wenigen Minuten hatte ich noch schlafend in meinem Bett gelegen, und nun war ich völlig verloren in einer endlosen See.

Wo und wann ich die Schwimmweste zu fassen bekam, weiß ich nicht. Sie hielt mich an der Oberfläche, in einer lang gezogenen Dünung ging es auf und ab. Das Wasser war kalt, aber erträglich. Dann wurde es kälter, gegen Mittag des angebrochenen Tages türmten sich am Horizont dunkle Wolken auf.

Die Nachtstunden und der folgende Tag auf See haben etwas in mir verändert. Für immer verändert. Mit meiner Seele ist irgendetwas passiert, und ich kann nicht ausdrücken, was es ist. Wenn ich sage, dass ich mich in den unendlichen Weiten der grauen See seltsam geborgen fühlte, ist das ohne Zweifel widersinnig. Ich weiß noch, dass ich gelacht habe, weil ich so im Meer trieb, ohne große Gefahr, unterzugehen. Ich lachte wie ein Kind, das in der Brandung spielt. Und die ganze Zeit wusste ich, dass ich nicht ertrinken, dass ich nicht sterben würde. Woher, weiß ich nicht. Es war eine tiefe Sicherheit, und da war etwas wie Verachtung, etwas Hochmütiges, das in mir aufstieg. Ich hatte eine schwere Lungenentzündung überlebt, als ich kaum zwei Jahre alt war, und die schweren Krankheiten meiner Kindheit. Vor einigen Jahren, nach meinem nervlichen und körperlichen Zusammenbruch, als ich nichts mehr empfinden konnte, schien alles am Ende zu sein – und war doch weitergegangen. Und jetzt, allein in einem endlosen Meer, empfand ich etwas wie Triumph. Das Schiff war gesunken, aber ich lebte immer noch. Es ist noch nicht Zeit, dachte ich. Das kam mir theatralisch vor, aber es war genau das, was ich dachte: Es ist noch nicht Zeit. Auch jetzt noch nicht. Auch das hier wird mich nicht töten!

Aber in dem dunklen Wrack, als der Sturm tobte, da heulte ich, in einer Mischung aus Verzweiflung und Zorn. Denn ich konnte nichts tun als dasitzen, immer wieder einschlafen, immer wieder erwachen und weiter dasitzen. Ich weinte weniger über mein augenblickliches Schicksal als um das, was ich verloren hatte.

Es ist nichts Romantisches daran, auf einer einsamen Insel zu überleben. In Abenteuer- und Aussteigerfantasien baut man sich eine gemütliche Hütte oder ein Baumhaus, man zähmt und hält Tiere, wird Jäger und Sammler, ist schließlich gar glücklich, im Frieden mit sich und der Welt.

Ich war es nicht.

Als der Sturm vorüber war und die Welt wieder zugänglich wurde, nistete ich mich in dem Wrack ein. Denn dort hatte ich es trocken und leidlich warm, konnte schlafen. Es bot mir allen Schutz, den ich brauchte. Dann ging ich auf Erkundung. Um sehr bald festzustellen, dass ich mich auf einer Insel befand. Sie war recht groß, nach meinen Schätzungen vielleicht vier Kilometer lang und zweieinhalb bis drei breit. So sah es aus, von einem Aussichtspunkt auf den Klippen an der Westseite. Sie war felsig, offenbar vulkanischen Ursprungs, und ziemlich dicht bewachsen, mit Gestrüpp und einzelnen Bäumen im nördlichen Teil, dicht bewaldet im Süden. Dort war es stellenweise sumpfig, Wasser sickerte in kaum erkennbarem Verlauf bis zur Küste, an Süßwasser herrschte also kein Mangel.

Abgesehen davon, dass es kein Vergnügen ist, sich die Füße in alten, aufgeweichten Schuhen, die mit der Zeit auseinanderfallen, wund zu laufen, bis sie eine Hornhaut haben, in die der Dreck eingefressen ist; an sich den Verfall der Kleidung wie auch des eigenen Körpers in einen Zustand der Barbarei mit anzusehen und sich, in Ermangelung passenden Werkzeugs, in ein Wesen mit struppigen Haaren und Bart zu verwandeln; langsam in Dreck und im eigenen Gestank zu versinken, ohne es überhaupt recht mitzubekommen; Hungertage zu überstehen, Tag auf Tag an matschigem oder getrocknetem Fisch herumzukauen, bis man es kaum noch ertragen kann – abgesehen von alldem ist es etwas anderes, was das Leben zu einer unerträglichen Tortur werden lässt: Man hat keine sinn- und anspruchsvolle Beschäftigung. Es gibt nichts zu lesen, nichts zu sehen. Kein Theater, kein Kino, kein Fernsehen. Kein Radio. Keine Musik. Keine Gespräche. Keine neuen Reize für die Sinne. Alles, woran man gewöhnt ist und was das Leben ausfüllte, ist verschwunden. Es gibt nichts zu tun, außer Dingen, die dem täglichen Überleben dienen. Man ist und bleibt an einem Ort, an dem man nicht sein will. Mit der Zeit tritt zwangsläufig eine Gewöhnung ein, und natürlich fügt man sich in gewissem Maße in sein Schicksal. Doch im Grunde ist dieses Fügen nur ein langsames Abstumpfen.

Und das Allerschlimmste ist und bleibt: Man ist allein. Und der Wunsch, dass jemand hier wäre, unendlich groß.

So groß, dass man irgendwann glaubt, Schritte zu hören. Rufe. Menschliche Stimmen. Die eine, nach der man sich sehnt.

Eines Tages kam es mir so vor, als sei jemand auf dem Wrack gewesen. Als würde in der Kombüse irgendwas fehlen. Aber es fehlte nichts. Ich war allein auf dieser Insel. Allein, allein, allein!

Nach etwa acht Monaten baute ich mir schließlich das Inselhaus, was ich fast wie einen Auftrag empfand. Es beschäftigte mich eine Weile, und das war beinahe die Hauptsache. Es war nicht gemütlich. Nicht heimelig. Es war zugig. Ständig kamen Insekten herein. Ich war nie gerne dort. Phasenweise kehrte ich zurück ins Wrack des Frachters. Doch meine Befürchtungen, er werde bald auseinanderbrechen, nahmen im Lauf der Monate konkrete Formen an.

Ich habe die Insel durchstreift. Habe nach Spuren anderer Menschen gesucht. Aber nicht lange. Nicht oft. Es gibt keine Spuren. Keine Häuser, Straßen, Wege. Nichts, was auf Besiedlung hindeutet. Auch in der Vergangenheit nicht. Der Winter war kalt, aber erträglich. Im Sommer wird es warm, manchmal heiß. Auf dem Deck des Frachters habe ich mir eine ebene Fläche konstruiert, wo ich in warmen Nächten schlafe. Das Wrack ist wie eine Burg. Ich halte die Tür zu den Quartieren verschlossen, damit keine Tiere hineinkönnen. Obwohl ich niemals welche sehe. Nur krähenartige Vögel und Möwen muss ich manchmal verscheuchen.

Den Verlust meines früheren Lebens spüre ich in meiner

Brust wie eine offene Wunde. Vor allem die Ungewissheit zerfrisst mich. Ist sie tot? Oder hat sie überlebt? Wurde sie gerettet und ist jetzt zu Hause?

Ich weiß nicht, was mir lieber wäre. Ich möchte, dass sie lebt, aber der Gedanke, dass sie zu Hause ist, ohne mich, bringt mich fast um. Hätte ich lieber, dass sie tot wäre? Eigentlich wünsche ich mir nur eins: Sie wäre hier bei mir.

Im Leben kommen manchmal diese Tage, an denen wir Menschen zum ersten Mal sehen. Und nicht ahnen können, was dieser erste unscheinbare Blick unter Umständen bedeutet. Denn wir sehen jeden Tag Menschen zum ersten Mal, und die meisten ziehen vorüber, ohne dass wir uns darüber überhaupt Gedanken machen müssen.

Zum ersten Mal sah ich sie im Zug, als sie sich neben mich setzte. Weil nur dieser Platz noch frei war. Eine junge Frau von Mitte zwanzig, nicht viel jünger als ich. Eine schlanke, eine sehr schlanke junge Dame mit halblangen braunen Haaren, in einem dunklen, taillierten Mantel.

Wenn sich im Zug oder in der U-Bahn Leute zu uns setzen, möchten wir sie uns immer ansehen. Wir wollen wenigstens mal einen Blick riskieren, wer sich uns da so unmäßig nähert. Denn in einem öffentlichen Verkehrsmittel plötzlich in unmittelbarer Nähe wildfremder Menschen zu sitzen, ist immer eine unnatürliche und eigentlich unangenehme Situation. Direkt anstarren möchten wir sie nicht – es sei denn, sie wären in ein Buch vertieft und merkten es nicht. Aber wenigstens mal einen Blick auf sie werfen, um uns einen Eindruck zu verschaffen.

Sie war ungeschminkt, so als ob sie das immer wäre, hatte aber knallrot lackierte Fingernägel.

Zugfahren macht mich immer müde, und irgendwann war ich fest eingeschlafen. Wohl für eine ganze Weile. Denn ich erwachte gerade noch rechtzeitig, als der Zug schon in den Bahnhof einfuhr. Nahm hastig meine Tasche und folgte den anderen Reisenden zum Ausgang des Abteils. Entdeckte dort meine Sitznachbarin, die schon vor mir aufgestanden war. In dem entstehenden Gedränge wurde ich in ihre Nähe geschubst. Sie unterhielt sich mit jemandem. Einem Mann, der mit dem Rücken zu mir stand.

»Der neben dir saß«, sagte er. »Meine Herren, hat der geschnarcht!«

Sie warf mir über seine Schulter einen Blick zu. Ich errötete, senkte die Augen. Als ich aufschaute, trafen sich unsere Blicke wieder, und wir mussten beide lachen.

Als wir ausstiegen, gerieten wir im Gedränge nebeneinander.

»Tut mir leid«, sagte ich. »Sie hätten mich anstupsen sollen.«

Sie blickte mich an und sagte: »Ich bin ja schließlich nicht Ihre Frau.«

Es gibt Sätze in unserem Leben, die entscheidend sind. Richtungsweisend. Alles verändernd. Wie Signale. Oder Formeln. Sätze, die unser Leben bestimmen. Als Madame de Pompadour sich als Neunjährige von einer Zigeunerin wahrsagen ließ, sagte diese, dass sie eines Tages die Mätresse des Königs sein werde. Als sie vierundzwanzig war, wurde sie die Mätresse von Ludwig XV. Ist sie nun Mätresse geworden, weil es ihr vorherbestimmt war? Oder weil sie fortan bestrebt war, den Orakelspruch zu erfüllen? Wäre sie auch die Mätresse des Königs geworden, wenn sie die Weissagung nie gehört hätte?

Und wäre Annica meine Frau geworden, wenn sie diesen Satz nicht gesagt hätte?

Als wir ausstiegen, fügte es sich, dass wir zum selben Bahnsteig mussten, für unseren Anschlusszug. Die Züge waren verschiedene, aber der Bahnsteig derselbe. Und ich derselbe Idiot wie immer, der kein vernünftiges Wort herausbrachte, wenn er neben einer Frau stand. So standen wir da, nebeneinander, ein Stück voneinander entfernt. Standen und warteten. Dann kam ihr Zug. Und sie stieg ein.

Und die Chance war vertan.

Und dann saß ich abendelang zu Hause und grübelte. Grübelte und grübelte. Dieser Satz ließ mich nicht los.

»Ich bin ja schließlich nicht Ihre Frau!«

Und jetzt? Ich hatte die Leute immer belächelt, die nach Karneval oder dem Oktoberfest oder irgendwelchen anderen großen Veranstaltungen Annoncen aufgeben. »Habe dich da und dort am Soundsovielten gegen soundso viel Uhr gesehen. Du warst als Fee verkleidet und hast mir zugelächelt.« Holzköpfe! Als würde sich darauf irgendjemand melden. Und wenn sie so nett gelächelt hat, warum bist du dann nicht einfach zu ihr gegangen!

Dachte der König der In-Hilflosigkeit-Erstarrten.

Und jetzt war ich also selber so weit. Ein potenzieller Annoncenschreiber. Fein. Und was sollte ich schreiben?

»Ich saß im Zug nach Soundso neben dir und habe zum Gotterbarmen geschnarcht«?

Und wenn ich ihr völlig gleichgültig war?

Und wenn sie mich schon vergessen hatte?

Wenn sie mich gar nicht richtig bemerkt hatte?

Und wenn sie einen Partner hatte? Und schon verheiratet war? Am Ende hatte sie gar schon Kinder!

Und wenn sie nun fürchterlich zickig war?

Wenn sie am Ende gar … Finanzbeamtin war? Oder so was.

Und wenn sie die Frau fürs Leben war? Und ich verpasste meine Chance?

Und wenn sie auch die ganze Zeit daran dachte?

Blödsinn! Sie hatte es schon vergessen!

Und wenn nicht? Wenn ich ihr in Erinnerung geblieben war?

Na klar! Als schnarchende Lachnummer!

Und wenn ich damit einen … Mutterinstinkt geweckt hatte … oder etwas in der Art?

Und …

Und dann fiel mir endlich die richtige Frage ein. Die einzig relevante. Die einzig kluge. Die entscheidende.

Und wenn sie öfter mit diesem Zug fuhr?

Manchmal kommt man sich im Leben vor wie in einem Film. Zum Beispiel, wenn man morgens ganze Züge auf und ab schreitet, von einem Wagen in den anderen, hin und wieder zurück, und überall herumglotzt, als hätte man was verloren.

Was machst du eigentlich hier, dachte ich. Bist du von allen guten Geistern verlassen? Wann wirst du endlich aufhören, dich zu benehmen wie ein durchgeknallter Teenager? Du wirst bald dreißig!

Himmel noch mal! Ich wurde alt. Das wurde mir mit einem Mal klar. Eigentlich wurde es schon höchste Zeit, eine Frau zu finden. Ich meine, eine richtige, echte. Nicht so eine, wie ich sie bisher immer gehabt hatte. Meine Verwandten wurden auch langsam unruhig, ihre Fragen drängender. Besonders die meines alten, schon sehr kranken Großvaters.

Und ich ging durch Züge und hielt nach einem Mädchen Ausschau, mit dem ich zwei Sätze gewechselt hatte. In einem Zug. Am Bahnhof. Auf der Durchreise.

In der Redaktion hatte ich mir vorerst die Nachmittagsschicht geben lassen. Weil ich morgens mit Zügen durch die Welt fuhr, um es gerade noch zu schaffen, mittags wieder zurück zu sein.

Am dritten Tag, als ich schon aufgeben wollte, stand am Bahnsteig ein Mann in Mantel und Hut, mit einer Zeitung, und sagte: »Vielleicht nimmt sie manchmal einen Zug später!«

Um das klarzustellen, es handelt sich hier nicht um so eine skurrile *Fabelhafte Welt der Amélie*-Szene, in der etwas *Alice-im-Wunderland*-Mäßiges passiert. Ich hatte dem Mann an diesem Morgen tatsächlich mein Leid geklagt.

»Junger Mann«, hatte er gesagt. »Sie sehen verzweifelt aus. Ist alles in Ordnung?« Es war so ein Gütiger-Opa-Typ, der seine Lebenserfahrung und Weisheit wie einen

Bauchladen vor sich hertrug. Und wie das manchmal so ist – man erzählt einem völlig Fremden plötzlich die intimsten Dinge. Er hörte sich meine Geschichte an und schnaufte anerkennend. Und gab mir dann diesen Tipp.

Ich weiß nicht, wie oft wir die Geschichte später erzählt haben. Sie war ja ach-so-romantisch! Wenn die Frage aufkam, wie man sich kennengelernt hatte, dann hatten wir immer etwas ganz Besonderes zu erzählen. Und ernteten stets ungläubige Gesichter.

»Als ich ihn entdeckt habe«, sagte Annica später, »damals in diesem Zug, da habe ich sofort begriffen, dass er nach mir suchte. Er betrat das Abteil und schaute sich um, wanderte mit dem Blick die Reihen ab. Und als er mich entdeckte, wurde er erst kreidebleich und dann knallrot!«

Annica fuhr jeden Morgen diese Strecke. Jeden Morgen hundertvierzig Kilometer, mit Umsteigen. Zur Arbeit. Ihre erste Arbeitsstelle. Als Strafgefangenen-Pädagogin in einer Vollzugsanstalt für Frauen. Ganz stolz nahm sie alle Strapazen auf sich. Umziehen wollte sie erst, wenn sie sicher sein konnte, dass es von Dauer war.

Sie hatte keinen festen Partner. Hatte keine Kinder. War nicht Finanzbeamtin. Und nicht mal zickig. Jedenfalls nicht sehr oft. Sie hatte einige Male an mich gedacht und sich gefragt, ob ich öfter mit diesem Zug fuhr. Für eine Frau ist das schon sehr viel. Darauf lässt sich aufbauen, und das tat ich nach Kräften. Ich kriegte sogar Sätze heraus. Ganze vokale Sturzbäche. Ich erkannte mich selbst nicht wieder.

Meine Verwandten waren beglückt, und mein Großvater starb mit einem seligen Lächeln. Er war vernarrt in

Annica. Jedermann war vernarrt in Annica. Man mochte sie sofort. Und fragte sich, wie ich zu solchem Glück kam, womit ich das verdient hatte. Ich selbst am allermeisten.

Ich weiß, das klingt vermessen und kitschig, aber unsere Liebe war etwas Besonderes. Wir waren von Anfang an fest miteinander verbunden, und dann schweißte uns das Leben noch weiter zusammen. Wir haben alles gemeinsam durchgestanden. Den Tod ihres Bruders. Meine Krise. Die Fehlgeburten.

In dieser Zeit habe ich mir große Sorgen um sie gemacht. Natürlich. Als es ein zweites und dann ein drittes Mal passierte. Das dritte Mal, das sie beinahe ihr eigenes Leben gekostet hätte. Die Ärzte rieten dringend von weiteren Schwangerschaften ab. Jeder neue Versuch, hieß es, stelle ein unverhältnismäßig hohes Risiko dar. Keine Kinder bekommen zu können war für sie eine unvorstellbare Katastrophe. Dieses Gefühl, keine vollwertige Frau zu sein, und diese Angst, ich bliebe bei ihr nur aus Pflichtgefühl.

Lange konnte ich sie nicht davon überzeugen, dass es mir eigentlich ganz gleichgültig war, sosehr auch ich mir Kinder gewünscht hatte. Ich war nur froh, dass sie noch lebte. Nur das schien wichtig. Aber der Verlust der ungeborenen Kinder ging erstaunlich nahe, jedes Mal.

Man könnte denken, dass der Verlust von Kindern, die noch gar nicht geboren sind und deren Entwicklung nicht einmal weit gediehen ist, relativ leicht zu verschmerzen wäre. Was da gestorben ist, hat noch nicht wahrhaftig gelebt, es hatte noch keine endgültige Gestalt, keine sichtbare Existenz. Und noch kein Bewusstsein seiner selbst. So gesehen müsste es recht einfach sein, über Fehlgeburten hinwegzukommen. Aber das ist es nicht. Es ist jedes Mal, als ob jemand versucht, einem die Seele aus dem Körper zu reißen.

Meine Reaktion darauf kam verspätet, mit einigen Jahren Verzögerung. Mein körperlicher und psychischer Zusammenbruch mag zunächst ausgesehen haben wie eine Existenzangst-Midlife-Crisis, aber was die Psychologen zutage förderten, war der unaussprechliche Schrecken des Verlustes von Kindern, denen es nicht einmal vergönnt gewesen war, in Erscheinung zu treten. Die aber doch existiert hatten. Dieses Verlustgefühl ist verknüpft mit einem Gefühl von Verantwortung. Man gibt sich die Schuld an den Ereignissen, und sie wächst im Innern Jahr für Jahr still vor sich hin.

Im Stillen habe ich meinen drei Kindern Namen gegeben. Das habe ich nie jemandem gesagt. Nicht einmal Annica.

Damals, als es ihr so schlecht ging, da musste ich der Starke sein. Ich machte mir große Sorgen, dass sie dieses Schicksal vielleicht nicht verwinden könnte.

Aber eines Tages, als ihr klar wurde, wie sehr ich mich mit meinen Ängsten um sie quälte, sagte sie: »Hör auf, dir solche Sorgen zu machen. Lass mir nur etwas Zeit. Ich komme schon damit zurecht. Ich werde mich im Leben nie unterkriegen lassen, egal, was kommt. Ich werde mich immer durchbeißen.«

Denn das war es doch gerade, was ich an ihr immer

so geschätzt hatte: diese Stärke, diese Eigenständigkeit. Diesen Ehrgeiz, Dinge zu schaffen. Diese unverhoffte Zähigkeit. Und die Sturheit, etwas zu erreichen, was sie sich einmal in den Kopf gesetzt hatte.

»Ich werde mich nie unterkriegen lassen«, hatte sie gesagt. »Ich verspreche es dir.«

Und jetzt sitze ich allein auf dieser gottverlassenen Insel, und wenn ich an sie denke, krampft sich mein Herz zusammen. Ich habe keine Ahnung, ob sie überhaupt aus den überfluteten Quartieren entkommen konnte. Es ging alles so schnell. Es war dunkel. Ich mache mir Vorwürfe, dass ich nicht eine Sekunde Zeit gefunden habe, mich nach ihr umzusehen. Doch hätte ich es getan, das weiß ich, dann hätte diese eine verlorene Sekunde mein Schicksal besiegelt.

Aber wäre das nicht besser gewesen? Dann wäre ich mit ihr untergegangen. Denn was hat mir diese eine gewonnene Sekunde eingebracht?

Und was noch schlimmer ist: Ich habe sie zu dieser Reise überredet. Ich, ich, ich! Es ist alles meine Schuld.

Fünfzehn Monate sind vergangen. Über ein Jahr. Fünfzehn Monate bin ich auf dieser Insel. Allein. Ich habe keinen Menschen gesehen. Nicht mal ein Anzeichen einer Anwesenheit, und sei es auch nur in der Vergangenheit. Natürlich immer abgesehen von dem Wrack.

Und wenn das eine weitere Prüfung sein soll, dann finde ich sie zu hart. Ich finde sie eindeutig zu hart!

Ein Sturm hat mich endgültig von dem Schiffsskelett

vertrieben. Tagelang hat ein wütendes Meer seine Sturmfluten gegen den Rumpf geworfen, der noch tiefer eingesunken ist und beinahe überspült wurde. Wasser ist überall eingedrungen.

In der ganzen Zeit hier habe ich außer dem Wrack kein Schiff gesehen. Nicht einmal ein Flugzeug, nicht mal ganz hoch oben. Es war Zeit genug, meine Hoffnungen langsam zu ersticken.

Es ist nach fünfzehn Monaten, als ich bei einem Streifzug zum südöstlichen Ende der Insel in einer kleinen Bucht plötzlich etwas zwischen den Bäumen entdecke. Eine Art Unterschlupf. Eine halbkugelförmige Konstruktion aus dünnen Stämmen und Zweigen, zu einem verfilzten Dach verflochten.

Eine Art Hütte.

Zunächst stehe ich da und wage mich nicht zu rühren. Ich schaue mich um. Schaue wieder die Behausung an. Dann rufe ich. Zuerst zaghaft. Dann lauter.

Keine Antwort.

Erst dann nähere ich mich, und ich glaube, es dauert eine ganze Weile, bis ich mit klopfendem Herzen durch die niedrige Öffnung eintrete.

Drinnen herrscht ein Halbdunkel, man kann so weit alles erkennen. Und das ist kaum etwas. In der Mitte der – sehr asymmetrischen – Halbkugel kann ich so eben noch stehen, aber es ist knapp, ich ziehe den Kopf ein.

An einer Seite befindet sich erhöht auf einem Haufen Treibgut erkennbar ein Schlafplatz. Ein denkbar armseliges Lager. Wenn es etwas zum Zudecken gibt oder gab, dann ist es jetzt jedenfalls nirgendwo zu sehen. Ansonsten liegen hier nur Äste oder dünne Baumstämmchen, zum Teil geschält und angespitzt – Speere für den Fischfang, schießt es mir durch den Kopf –, die vertrockneten Blätter einer Pflanze, Steinsplitter, die aussehen wie Faustkeile.

Ich bin erschrocken über die Primitivität dieser Behausung und ihres Inventars, das man kaum guten Gewissens als solches bezeichnen kann. Es ist so offensichtlich, dass ich nicht lange darüber nachzudenken brauche: Dies hier ist keine Hütte eines Einheimischen – hier ist jemand gestrandet wie ich.

Und dann, als ich den Boden genauer betrachte, jetzt, da sich meine Augen an das Halbdunkel gewöhnt haben, entdecke ich sie: Fußspuren. Die Abdrücke nackter Füße.

Ich stehe sprichwörtlich da wie vom Donner gerührt. Ich verharre einfach, alle Wahrnehmungen verändern sich, auf meinen sonnenverbrannten Armen bekomme ich eine Gänsehaut, meine Nackenhaare stellen sich auf. Ich stehe regungslos da und starre die Spuren an.

Ich zittere am ganzen Leib, sinke langsam nieder. Mein Blick wird vorübergehend undeutlich, ein wenig wird mir schwarz vor Augen. Ich schaue lange hin, immer wieder, von einem Abdruck zum nächsten. Es gibt keinen Zweifel, es ist keine Einbildung. Ich träume nicht. Was ich sehe, sehe ich wirklich. Die Abdrücke zweier recht kleiner Füße, und bei den Spuren des linken ist der Abdruck der kleinen Zehe nicht zu sehen. Sodass es aussieht, als ob der Fuß nur vier Zehen hätte.

Ich stolpere zum Eingang, wo Licht einfällt, und entdecke auch dort Abdrücke, die ich beim Eintreten zum Teil verwischt habe. Aber manche sind noch erkennbar, und auch hier sehe ich, was mir das Blut in den Adern gefrieren lässt. Den Abdruck eines linken Fußes mit vier Zehen.

*»Nimm sie! Diese Schuhe sind wie für dich gemacht!«*

*»Ja, ich weiß. Aber es drückt! Ich komm mit diesem kleinen Zeh nicht rein.«*

*»Na, das ist ja mal ganz was Neues!«*

*»Ich weiß, ich weiß – ich sollte es endlich operieren lassen …«*

Als ich die »Hütte« verlasse, sind meine Knie immer noch zittrig. Kann das wahr sein? Ich bin ganz verkrampft, schaue mich immer wieder um, versuche, ruhiger zu werden, nachzudenken, aber es gelingt mir nicht.

*Kann das wahr sein?*

Dann gehe ich los, hektisch, stolpere mehrmals fast. Gehe hierhin, dorthin, durch die Bäume, zurück zum Strand. Ich rufe. Rufe, rufe, rufe. Ich weiß nicht, wie oft. Immer wieder. Immer lauter. Laufe den ganzen Strand ab, die ganze Bucht. Die gesamte Insel gehe ich ab in den kommenden Tagen, ich gehe und gehe, bis mir die Füße und Beine so wehtun, dass ich nachts vor Schmerzen kaum Schlaf finde.

Ich durchsuche die Hütte, stelle alles auf den Kopf. Ich grabe sogar den Boden auf, als gäbe es dort noch irgendwas zu finden. Alles, was zum Vorschein kommt, ist eine rostige Suppenkelle. Ein gestreiftes Shirt, völlig verdreckt und an einer Seite an der Naht aufgerissen, das jeden Zweifel, der noch bestanden haben mag, ausräumt. Ein zusammengeknotetes Bündel aus Teilen verschiedener Kleidung, das mir Rätsel aufgibt, daneben einige verschmutzte Stofffetzen. Das ist alles. Bis ich begreife, dass diese Behausung verlassen wurde. Was immer hier sonst noch gewesen ist, wurde mitgenommen. Hier wohnt niemand mehr. Auch wenn es so aussieht, als sei die Hütte vor Kurzem noch bewohnt gewesen. Alles deutet darauf hin, dass sie noch nicht lange verlassen ist.

Verlassen?

Verlassen bedeutet doch, dass sie irgendwohin gegangen ist. Aber auf der Insel ist sie nicht. Auch auf ihren Tod deutet nichts hin. Oder ist sie ins Meer gegangen? Hat sich auf diese Art von ihren Qualen, von diesem erbärmlichen Dasein erlöst? Wer weiß, wie es ihr ging. Vielleicht war sie unterernährt, vielleicht krank. Vielleicht völlig verzweifelt. Und ich war die ganze Zeit über nicht weit von ihr und konnte ihr nicht helfen!

Dann finde ich in der Bucht Spuren. Auch sie deuten darauf hin, dass sie noch bis vor sehr kurzer Zeit hier gewesen sein muss. Bei näherer Betrachtung sprechen sie eine deutliche und immer deutlichere Sprache. Hier wurde noch vor Kurzem ein Boot an den Strand gezogen. Und dann wieder ins Meer geschoben. Im festen Sand jenseits der Flutlinie sind Spuren zu erkennen, die nur der Wind leicht verwischt hat. Spuren mehrerer Füße, aufgewühlter Sand, die Abdrücke von Stiefelsohlen.

Ich blicke panisch hinaus auf die See, als könnte ich tatsächlich das Schiff noch sehen, das dort gelegen und eines seiner Boote zu Wasser gelassen haben muss. Erst vor wenigen Tagen, wie es scheint.

Ich fühle mich so blutleer und schwach, dass ich im Sand auf die Knie sinke. Meine Hände, meine Lippen zittern, es schüttelt meinen ganzen Körper.

Wie ist das möglich, denke ich. Dass wir hier gleichzeitig gelebt haben, fünfzehn Monate lang. Ohne voneinander zu wissen. Ohne uns zu begegnen. Ohne uns zu finden. Wir haben hier gelebt, nur zwei Kilometer voneinander entfernt. All diese Wochen. Den ganzen Winter. Wie hat sie ihn überstanden?

Warum habe ich nicht mehr Zeit darauf verwendet, die Insel zu erkunden? Und wenn ich meine Umgebung durchstreifte, an der Küste entlangzog oder auf die Höhen, um mir einen Überblick zu verschaffen, habe ich dann die Zeichen verpasst, die ich hätte sehen können? In meiner Vorstellung sehe ich mich selbst, wie ich den Blick senke und mich zum Gehen wende, gerade in dem Augenblick, als in der Ferne Rauch aufzusteigen beginnt. Aber sie hat – offenbar – nicht einmal Feuer gehabt. Nicht einmal das!

Wann ist sie hier angekommen? Wo? Wie hat sie hier überleben können? Womit?

Jetzt weiß ich, dass sie auf dem Wrack gewesen ist. Zu einem Zeitpunkt, als ich nicht dort war. Als es dort für sie nichts Brauchbares mehr gab als einige Gegenstände in der Kombüse. Die Suppenkelle. Ich erkenne sie. Sie hat sie zum Graben benutzt.

Offensichtlich hat sie das Wrack nicht bis ins Letzte untersucht. Wie auch, wenn ich alles so sorgfältig – so sinnlos sorgfältig – verschlossen gehalten habe! Gibt es etwas Alberneres als einen Einsiedler mit einem Schlüssel um den Hals? Wäre sie im Innern auf mein Lager gestoßen … Warum erschien es ihr nicht zweckmäßig, selbst dort Quartier zu beziehen? Und sei es auch nur im Gang zur Kombüse. Oder im Vorraum zu den Maschinen. Weil es ihr zu unsicher vorkam, verrottet, wie alles schon war? Weil sie vernünftiger war als ich?

Und als sie auf dem Wrack war, muss sie doch in der Bucht Spuren hinterlassen haben, auf dem Weg dorthin. Warum habe ich nichts bemerkt? Warum habe ich nichts gespürt? Hätte ich nicht fühlen müssen, dass sie da gewesen war?

Oft habe ich ihren Namen in den Sand der Bucht geschrieben. Oft und oft. Es war wie ein Ritual. Warum nicht an diesem Tag?

Warum nicht?

Warum?

Dann, eines Abends, fallen mir das zusammengeknotete Bündel und die Stofffetzen wieder ein. Und ich erinnere mich an ein einziges Mal, als ich meinte, aus der Ferne eine menschliche Stimme zu vernehmen. Das war, als ich das sumpfige Land im Süden der Insel erkundete, vor einigen Monaten. Ich verharrte damals und horchte auf, blieb eine Weile mit klopfendem Herzen stehen. Noch einmal, kurz, glaubte ich von ganz fern den Laut zu hören.

Als ob ein Baby weint.

# DIE FÜNFZEHNTE INSEL

Dis ist der bericht wie ich in aufschreiben solte.

Als ich auf die Insel kahm war ich 8 (fast 9) jare alt. Ich habe da fieleicht 10 jare ferbracht aber genau weis ich es nicht. Ich war mit dem botsman dort angekomen aber er war ser ferlezt unt hat nicht mer lange gelept. Er hat mier seine sachen dagelasen das Messer unt das feuerzeuk unt Er hat mier noch geholfen den unter Schlupf zu bauen wo ich die ganzen jare gewont habe. Am anfang war auch der Hunt noch da aber Er ist nach einiker zeit gestorben.

Ich habe fon fischen gelept unt fon würmern und vohgeleiern unt fon den dingern an streuchern die sahn aus wie lengliche epfel. Manchmal war es ser hart.

In den ganzen jaren habe ich keinen Mensch unt kein Schif gesehn. Ich habe fiel gebehtet aber es hat Nichts genüzt.

Einmahl habe ich meinen arm ferletzt weil ich gestürtst bin unt konnte in seit dem nicht mer richtik bewehgen. Ich habe die hofnung nie aufgegehben unt immer an das gedacht was meine muter mier auf der Fönix gesakt hat das ich immer tafer sein sol egal was komt. Ich habe die hofnung nie aufgegehben.

Frau Ugeti auf dem retungs Schif hat sich ser um mich gekümert. Sie ist ser hüpsch unt hat mich ser an meine muter erinert.

Es tuht mier leit ich schreibe ser schlecht ich habe auf der Insel nie geschrieben unt das meiste habe ich fergessen.

# DIE SECHZEHNTE INSEL

Irgendwie ist das anfangs alles etwas … bedrückend. Ich meine: Wenn man irgendwo strandet, sich mit letzter Kraft ans Ufer rettet, kann man doch wohl erwarten, dass man … nun, wie soll ich sagen … *ungestört* ist. Man strandet ja schließlich nicht jeden Tag, und wenn es schon mal passiert … und man das Glück hat, auf einer Insel angeschwemmt zu werden, dann soll es doch auch stilecht sein. Irgendwie ist es immerhin ein intimer Moment. Ihn für sich zu haben, ist ja wohl nicht zu viel verlangt. In der Abgeschiedenheit, irgendwo am Ende der Welt.

Vielleicht liegt es daran, dass ich so ein Typ Mensch bin. Ich mag es nicht, wenn mich in einem Geschäft die Verkäufer ansprechen. Ich habe es ganz gerne, wenn man mich in Ruhe lässt. Beim Jahreswechsel mag ich eigentlich das Feuerwerk, die ganze Leuchtorgie am Himmel. Nur stören mich jedes Mal die vielen Leute. Schon als Kind hat es mich sehr bedrückt, als man mir sagte, dass Gott überall sei und mich begleite und alles sehe, was ich machte. Das war mir denkbar unangenehm. Ich mag es einfach nicht, wenn Leute ihre Nase in meine Angelegenheiten stecken. Auf öffentlichen Toiletten kriege ich keinen Tropfen raus, wenn jemand neben mir steht. Ich lasse beim Sex niemanden zusehen. Ich mache am liebsten alles ungestört. So ganz für mich.

Und auch stranden würde ich gerne in aller Ruhe.

Und dann sind stattdessen überall um einen herum Leute. Männer in Badehosen, Frauen im Bikini, Jungs mit Taucherbrillen aus Plastik und kleine Mädchen mit Sandeimern und Schüppchen. Die dastehen und einen anglotzen.

»Guckt mal, da ist einer gestrandet!«

Stimmengewirr, Rufe, Geschrei, überall Beine. Vom Himmel brennt die Sonne. Von irgendwoher erklingt Musik der übelsten Sorte, aus einer Strandbar.

»Na los, fasst mal mit an!«

Ich fühle, wie ich aufgehoben werde, an Armen und Füßen, man schleift mich höher an den Strand, in den Schatten eines orange gemusterten Sonnenschirms.

Menschen sind um mich, überall Bewegung. Man ist sich offenbar uneins, wie mit mir zu verfahren sei. Man rubbelt mich ab. Man macht mich wieder nass, schüttet mir Wasser ins Gesicht. Trocknet mich wieder. Massiert an mir herum. Gibt mir gut gemeint Ohrfeigen. Dreht mich auf den Bauch.

»Er hat bestimmt viel Wasser geschluckt.«

»Gebt ihm was zu trinken!«

»Wo sind die Badewächter, wenn man sie mal braucht?«

Na, die würden mir zu meinem Glück noch fehlen.

Da strandet man mal auf einer Insel, wie man es sich schon als Junge oft ausgemalt hat, und dann ist es ausgerechnet … Mallorca!

In unterschiedlichen Sprachen höre ich etwas von »Krankenwagen rufen« und ob es hier irgendwo einen Arzt gebe. Man will mich mit Bananen füttern, fächelt mir Luft zu, ein kleiner Junge schüttet mir Sand auf den Kopf.

Und irgendwann erscheint jemand, der mit energischer Stimme Anordnungen trifft und die Dinge in die Hand nimmt.

»Schafft ihn hinauf ins Hotel! Dort werden wir uns um ihn kümmern!«

Das alles sind nur Ausschnitte meines Bewusstseins, unterbrochen von Dahindämmern. Ich spüre, wie ich wieder getragen werde. Das grelle Licht verschwindet, ich sehe Marmorstufen. Und dann weiße Wände mit eingerahmten Fotografien. Ich liege auf einem Bett, kühle Laken umgeben mich. Man hat mich ausgekleidet, ohne dass ich mir dessen recht bewusst geworden bin. Ein Mann untersucht mich, offenbar ein Arzt.

Ich erwache aus einem langen, scheinbar traumlosen Schlaf. Schließe aber sofort wieder die Augen. Alles tut mir weh. Dieser Muskelkater wird mich in den kommenden zwei Tagen fast umbringen. Da ist Schwindel und entsetzliche Übelkeit von dem vielen geschluckten Salzwasser. Dann und wann ist jemand bei mir und flößt mir Wasser ein. Süßwasser. Köstliches, kühles, reines Wasser.

Dann wieder schlucke ich etwas Warmes. Ein Löffel wird mir in den Mund gezwängt. Ich begreife, dass Suppe die alles entscheidende Errungenschaft der Menschheitsgeschichte ist. Schlafe wieder. Esse Kartoffelbrei, der mir von einer jungen Dame in den Mund geschoben wird. Sie hat ein schmales Gesicht und eine spitze Nase. Wie ich irgendwann bemerke.

Als ich mich geschickt so aufrichte, dass ich ihr in den Ausschnitt schielen kann, weiß ich, dass ich über den Berg bin. Und dass alles gut wird.

Señor Batista ist der Hotelmanager. Ein kräftiger, breitschultriger, etwas grobschlächtiger Mann mit schaufelartigen, behaarten Händen und einem dicken Hals, dem man sein Leben und sein Geschick bedingungslos anvertrauen möchte.

»Ah!«, sagt er. »Sie sehen schon viel, viel besser aus! Noch ein paar Tage Pflege und gutes Essen, und Sie sind wieder auf den Beinen!«

Tatsächlich bin ich am Abend dieses Tages so weit, dass ich aufstehen und das Zimmer verlassen kann. Man führt mich in den Speisesaal, wo ich an einem Tisch Platz nehme, dann setzt man mir ein blutiges Steak und Pommes frites vor. In meinen Ohren rauscht es, jede Bewegung schmerzt. Aber ich fühle mich von Stunde zu Stunde besser, und am Abend sehe ich mir im Fernsehen eine Dauerwerbesendung an, die auf Spanisch eine wunderbare Pfanne anpreist, in der nichts anbrennen kann und von der es nur noch sehr wenige Exemplare zu kaufen gibt, man muss sich verdammt beeilen.

Das Ganze ist anscheinend ein Nobelhotel. Vorwiegend ältere Gäste. Es liegt an einer malerischen kleinen Bucht, von Felsformationen umsäumt. Gegenüber prangt hoch erhoben ein großes, imposantes Gebäude, das an einen

Gouverneurspalast in der Karibik erinnert, in alten Piratenfilmen.

Man kümmert sich rührend um mich. Wann immer er mir begegnet, begrüßt mich Señor Batista wie einen alten Freund.

»Alles zu Ihrer Zufriedenheit?«, fragt er. »Wenn Sie etwas brauchen, sagen Sie nur Bescheid!«

Batista lässt Wein auf mein Zimmer bringen. Der, sagt er, ist genau das, was ich jetzt brauche. Roter mallorquinischer Wein sei die reinste Wundermedizin, der bringe mich wieder zu Kräften.

Was mich irgendwann auf den Gedanken bringt, Einwände zu erheben. Denn mir ist klar geworden, dass ich hier ein Gästezimmer bewohne und ganz selbstverständlich alle Mahlzeiten in Anspruch nehme.

»Aber ich kann doch nicht so einfach … Ich meine: Wie soll ich das jemals entgelten?«

Doch Señor Batista macht eine Geste äußerster Entrüstung und lässt deutlich erkennen, dass man ernsthaft Gefahr läuft, ihn persönlich zu beleidigen.

»Na, na!«, sagt er. »Kein Wort von so was! Sie sind unser Gast! So lange, bis Sie wieder ganz zu Kräften gekommen sind.«

Und weitere, sehr schüchterne und nur verhaltene Einwendungen erstickt er mit ausladenden Armbewegungen im Keim.

Das alles ist seltsam, ich weiß kaum, wie mir geschieht, aber wer bin ich, dass ich mich dagegen wehren würde.

In der Hotelanlage bin ich so eine Art Berühmtheit.

Als ich alles erkunde, wenden sich mir die Köpfe und die Blicke zu, wo ich auch hinkomme. Diverse Reporter tauchen auf und fragen mich aus, Berichte und Bilder von mir erscheinen in der Zeitung. Eine Dame möchte ein Foto mit mir. Ein Junge von etwa zehn bittet mich wirklich und wahrhaftig um ein Autogramm, und ich werde laufend Menschen vorgestellt.

Im Speisesaal bitten mich Leute an ihren Tisch und bemuttern mich derart, dass mir auf Anfrage gleich mehrere Salzstreuer gereicht werden und die ständige Fragerei, ob ich noch irgendetwas benötige, bald anfängt, mir auf den Senkel zu gehen.

An unserem Tisch sind wir zu siebt. Ein älteres englisches Ehepaar wie aus dem Bilderbuch. Sie immer strahlend und ganz entzückend, er steif und beherrscht, aber höflich, trägt immer seidene Halstücher, die ihm aus Hemd- und Pulloverkragen quellen. Zwei kurzhaarige blonde Damen sind Mutter und Tochter, Däninnen. Die junge errötet, als ich mich vorstelle. Was immer sie äußern, sprechen sie mit dem niedlichen Akzent, den man von ihnen erwarten darf. Eine dürre Frau meines Alters, vornehm blass und ätherisch, deren Sprache wienerisch gefärbt ist. Man hat dauernd Angst, sie könnte zerbrechen, würde sie hinfallen. Sie sieht aus, als glaube sie, Erdstrahlen und negative Energien spüren zu können, man muss das Schlimmste befürchten. Zuletzt ein ominöser bulgarischer Arzt. Vielmehr ein Psychologe. Eine Kapazität auf seinem Gebiet, mit einer ganz eigenen Lehrmethode. Soviel ich verstehe, therapiert er seine Patienten zu den Klängen von

Tierstimmen. Und so sieht er auch aus. Stechende blaue Augen unter buschigen Brauen. Wirres Haar und Bart. Er spricht Deutsch und Englisch, beides mit einem entsetzlichen Akzent. Er heftet sich an meine Fersen, weicht kaum von meiner Seite und erzählt mir von seinen – wirklich erstaunlichen – Theorien.

»Wissen Sie, ich glaube, dass das Schicksal eines Menschen schon im frühen Lebensalter erkennbar ist. Wir können es von seinen Handlungen und den Ereignissen ablesen wie aus einem Buch.«

Dass ich ihn ungläubig und etwas verwirrt ansehe, wird mir ja sicher niemand übel nehmen.

»Man muss natürlich genau hinsehen. Bei genauem Hinsehen ist alles ganz klar erkennbar.« Erzählt er mir, während wir nach dem Essen hinunter auf die großzügige Hotelterrasse gehen, von der aus man die ganze Bucht überblicken kann. »Nehmen wir zum Beispiel Ihren Fall: Dass Sie hier gestrandet sind – halten Sie das für einen Zufall? Ich nicht.«

»Sie meinen, das hat sich schon in meiner Kindheit abgezeichnet?«

Er lächelt wissend. »Darauf möchte ich wetten! Denken Sie mal nach … Gibt es irgendwelche Indizien, irgendwelche Anhaltspunkte, die darauf hindeuten könnten?«

Ich denke nach – oder gebe dies zumindest vor.

»Hat das Stranden in irgendeiner Form eine Rolle gespielt?«

»Nun, tatsächlich habe ich schon als Kind gern Geschichten gelesen, in denen Leute gestrandet sind.«

»Sehen Sie! Das Thema hat Sie magisch angezogen! Und glauben Sie, dass das Zufall war?«

»Ich habe noch nicht darüber nachgedacht.«

»Mein Freund, es gibt keinen Zufall. Glauben Sie mir. *Ich* habe sehr viel darüber nachgedacht.«

»Sie meinen, das, was uns in unserer Kindheit brennend interessiert, wird später unser Schicksal?«

»Nun, ganz so einfach ist es sicher nicht, aber grob könnte man das vielleicht so gelten lassen.«

Kann sein, dass ich in diesem Moment ein bisschen blass werde, weil mir einfällt, dass mich auch Geschichten von Scheintoten und lebendig Begrabenen immer ungemein fasziniert haben.

»Natürlich haben alle Dinge mehrere Dimensionen, und man muss sie zu deuten verstehen. So gibt es viele Arten zu stranden – im übertragenen Sinne. Es gibt viele Arten von Ufern. Städte, Länder, Lebenssituationen. Berufe, andere Menschen. Beziehungen. Haben Sie sich nie im Leben in einer Situation wiedergefunden, in die Sie plötzlich und unverhofft hineingeraten sind, ehe Sie noch wussten, wie Ihnen geschah? Na ja, die Frage ist natürlich rhetorisch … das Leben ist voll davon.«

Ich gebe ihm vollkommen recht.

»Junger Freund«, sagt er, »Sie sollten sich einmal hypnotisieren lassen. In jedem von uns schlummert unter der Oberfläche eine ganz andere Welt. Ein innerer Kosmos von einem Ausmaß, das sich niemand vorstellen kann. Wenn Sie wollen … ich bin in der Hypnose erfahren und stelle mich gern zur Verfügung.«

Aber ich habe mit der oberflächlichen Welt schon genug zu kämpfen und kann gut auf eine weitere verzichten.

Am dritten Tag kommt im Foyer eine ältere Dame auf mich zu.

»Sind Sie der Gestrandete?«

»Ja. Das bin ich.«

Sie mustert mich von Kopf bis Fuß und nickt.

»Und Sie sind … ich meine: Sind Sie so richtig gestrandet?«

»Ja. So richtig. Angeschwemmt. An Land gespült.«

»Und wie kam das?«

»Gar nicht gut. Ich würd's keinem empfehlen.«

Sie blickt mich mit großen Augen an. Es sieht aus, als ob ihr Gehirn gewaltige Anstrengungen unternimmt.

»Ich meine doch: Wie ist es dazu gekommen?«

Also, Stranden ist eigentlich eine ganz einfache Sache. Ich dachte immer, es brauche dazu einen Schiffsuntergang, das Auflaufen auf ein Riff, ein großes Leck, Feuer an Bord. Stürme, hohe Flutwellen und andere Katastrophen. Aber es genügt völlig, wenn man in einem kleinen sardischen Hafen sturzbetrunken in ein Ruderboot stolpert, um mal ein paar Stunden seinen Rausch auszuschlafen, ein Boot, das da wie gemacht für solche Anlässe am Pier liegt und das irgendein Idiot – offenbar – nicht richtig festgemacht hat. Und dann wacht man auf, kriecht unter einer Plane hervor, schaut sich um und gibt ein Geräusch von sich, von dem man nie geahnt hat, dass man dazu fähig wäre. Alles, was man sieht, ist Wasser. Nichts als Wasser, bis zu allen Horizonten. Und weil man sich erst mal gar nicht mehr erinnern kann, wie man überhaupt in dieses Boot gekommen ist, kriegt man gewaltiges Herzklopfen. Und ist hellwach. Von Kater keine Spur.

Man sitzt also in einer Nussschale auf einem riesigen Meer, ohne zu wissen, wo man sich überhaupt befindet. Zwischen dem Letzten, an das man sich erinnern kann, und dieser Situation lässt sich einfach keine sinnvolle Verbindung herstellen. Ein Fischerboot, irgendein Kahn muss dieses Beiboot hinter sich hergezogen haben, hinaus aufs Meer, und dann hat sich das Seil gelöst. Anders ist nicht zu erklären, warum von Sardinien mit seinen Gebirgszügen nicht einmal mehr etwas zu sehen ist. Aber wie auch immer: Man sitzt mutterseelenallein in einem Ruderboot. Ohne Ruder. Man hockt unter einem Stück Segeltuch, denn die Sonne brennt. Der Hals ist knochentrocken, doch es gibt nichts, womit man den höllischen Durst stillen kann.

»Und dann haben Sie entdeckt, dass das Boot leck ist.«

»Nein.«

»Es kam … ein Sturm auf.«

»M-m.«

»Eine Welle hat das Boot kentern lassen.«

»Nein, nein, Sie denken zu kompliziert.«

»Also, wie kam es dann, dass Sie gestrandet sind?«

»Dazu braucht es nur einen Schwachkopf mit einer Motorjacht, der einen über den Haufen fährt. Ich meine: Das Meer ist doch wirklich groß genug. Aber dieser Idiot muss natürlich genau da langfahren. Vielmehr fliegen. Und dann hat er nicht mal angehalten, der Blödmann! Zuerst hab ich mich ja noch gefreut, als die Jacht auf mich zuhielt. Dachte, die hätten mich gesehen. Das war nach vier Tagen! Und es wurde wirklich höchste Zeit. Aber dann konnte ich nur gerade noch ins Wasser springen, und von dem Boot war anschließend nicht mal mehr was zu sehen.«

Diese Geschichte muss ich oft erzählen in diesen Tagen im *Comfort Resort*, und auch das geht mir schließlich derart auf die Nerven, dass ich die Sache irgendwann abkürze und behaupte, ich sei auf einem Kreuzfahrtschiff über Bord gefallen. Was mir natürlich die – meist unausgesprochene – Frage einhandelt, wie man denn so dämlich sein kann. Manchmal reitet mich auch der Teufel, und ich erzähle etwas von illegalem Schnapshandel und Schatztaucherei. Unfassbar, die Leute glauben einfach alles. Sogar den Namen des alten spanischen Schiffes erfinde ich. *Matilda*. An der Poolbar habe ich an diesem Tag Harry Belafonte singen hören.

Letzteres bringt nicht unerhebliche Probleme mit sich, als nämlich irgendwann die örtliche Polizei ihre Aufwartung macht, die natürlich von der Sache Wind bekommen hat und den Dingen nachgeht – und die, wie ich später erfahre, schon gleich am ersten Tag aufgekreuzt war, als ich noch unansprechbar in tiefem Schlummer lag. Nur Señor Batista war es zu verdanken, dass mich die Ordnungshüter einstweilen in Ruhe ließen. Jetzt lassen sie sich aber nicht mehr abwimmeln und nehmen mich mit. Schließlich bin ich auf recht unorthodoxen Wegen ins Land gekommen, ohne mich dabei auszuweisen. (So etwas soll ja gelegentlich Probleme aufwerfen.) Da ich meinen Ausweis jedoch noch habe, darf ich mit Recht davon ausgehen, dass die Polizei mich nicht lange behelligen muss.

Doch stattdessen werde ich stundenlangen Befragungen unterzogen.

»Man erzählte uns, Sie sind auf einem Kreuzfahrtschiff über Bord gegangen. Na, dann können Sie uns doch sicher den Namen des Schiffes nennen. Wir müssen der Sache nachgehen.«

»Ach, das mit dem Kreuzfahrtschiff war doch nur so eine Geschichte. Die habe ich bloß erzählt, damit ich meine Ruhe habe.«

»So? Das ist ja interessant. Dann stimmt das also gar nicht?«

»Nein, nein!«

»Und was ist wirklich passiert?«

Ich erzähle also meine Geschichte. Aber ich bin noch gar nicht weit gekommen, da schlägt der Vorsitzende der Versammlung mit der flachen Hand auf den Tisch.

»Jetzt kommen Sie aber!«, sagt er. »Was soll das hier sein – eine Märchenstunde? Wir wollen die Wahrheit hören!«

Ein Beamtengesicht kommt mir bedrohlich nahe, und die Art, wie es grinst, verheißt nichts Gutes.

»Wäre da noch die Geschichte vom Alkoholschmuggel!«

»Und vom Tauchen nach Schätzen!«

Allein eine Stunde benötigen sie im Folgenden für den Versuch, aus mir die Position herauszubekommen, wo das Wrack der *Matilda* liegt. Darauf haben sie sich nämlich eingeschworen, von dieser Version wollen sie sich nicht mehr abbringen lassen.

Aber schließlich kann ich sie davon überzeugen, im Hotel Nana Bay in Sardinien nach mir zu forschen, in dem ich zuletzt abgestiegen war. Dort wird man ihnen liebend gern die Nummer meines Zimmers nennen, in dem immerhin noch meine Sachen liegen. Weil man ja auch noch Geld von mir bekommt.

So was Blödes! Hier mache ich umsonst Ferien, und am Ende berechnen die mir die ganze Zeit mein Zimmer in Sardinien!

Richtig Ruhe habe ich eigentlich nie. Ständig rückt mir jemand auf die Pelle. Leute kommen auf mich zu. Fragen mich aus. Ein Mann spricht mich an. Er schreibe an einem Buch über außerkörperliche Grenzerfahrungen, er fragt, ob ich vielleicht kurze Zeit schon tot gewesen sei. Was ich verneinen muss, so leid es mir tut.

Die zerbrechliche Desdemona von unserem Tisch sitzt mir andauernd im Nacken. Beim Essen beobachtet sie mich immer und versucht mich in Gespräche zu verwickeln. Ihr Haar ist so altmodisch zurückgesteckt, und überhaupt kommt sie mir vor, als lebe sie in der falschen Zeit. Sie sieht aus wie Frauen auf uralten, vergilbten Schwarz-Weiß-Fotografien. Vielleicht, weil sie immer nur Schwarz und Weiß und diese Grautöne trägt. Tatsächlich ist nichts an ihr farbig. Ihr Haar ist schwarz, ihre Haut kreideweiß. Nicht mal ihre Lippen sind rot.

Mit der Zeit wird mir das unheimlich. Ich halte Ausschau nach irgendwas, was an ihr den Hauch einer Farbe aufweist. Eine Haarspange, Schmuck, ein Gürtel. Aber da ist nichts. Nicht mal ein Pickel!

Das macht mich rasend, und einmal reiche ich ihr eine knallrote Serviette mit der Empfehlung, sie sich in den Kragen zu stecken, es wäre doch schade um ihr schönes Kleid. Aber sie lehnt ab und nimmt es als Kompliment, lächelt verzückt und blinzelt mich an.

Das hat man dann davon!

Ich habe das Gefühl, sie ist überall. Gruselig. Man verabschiedet sich von ihr oben in den Zimmergängen. Und wenn man runterkommt, ist sie schon im Foyer. Man winkt ihr vor dem Hoteleingang zu und geht hinunter an den Strand. Und sie sitzt da in einem Liegestuhl.

»Wie machen Sie das?«

»Bitte?«

»Ich meine … so oft in der Sonne zu sitzen und trotzdem so weiß zu bleiben.«

»Es ist mein Hauttyp«, sagt sie.

Sie sagt mir ihren Namen, aber ich nenne sie im Stillen weiterhin Desdemona. Sie möchte sich mit mir über alles Mögliche unterhalten. Alles Mögliche in Bezug auf Kunst. Wovon ich überhaupt keine Ahnung habe. Über Musik. Über Kunst an sich. Kunst ist ihr großes Thema, sie redet scheints nie lange über etwas anderes. Spricht von »sich überlappenden« Disziplinen, von »genreübergreifenden« Schöpfungen. Von der »vollendeten Kunstform«, mit dem Hinweis, dass ich doch sicher wisse, was sie damit meine.

Mir fällt spontan nur die Aktfotografie ein, aber ich sage

lieber nichts. Sodass sie mich gnädig aufklärt, sie spreche von der Oper.

»Darin vereinigen sich alle Formen der Kunst. Es ist Musik, es ist Theater. Sprachkunst und Literatur fließen mit ein. Ballett, Tanz. Es ist die vollendete Vereinigung aller Ausdrucksformen.« Sie sagt, es sei eine antike Darstellungsform, die sich im Laufe der Menschheitsgeschichte um die großen Kunstformen angereichert habe.

Ich erzähle ihr nicht, dass ich bei dem einzigen Opernbesuch meines Lebens mittendrin eingeschlafen bin. Komisch, wenn Leute italienisch singen, macht mich das immer müde.

Sie wechselt das Thema, aber mit mir über Kunstausstellungen reden zu wollen ist vollkommen fruchtlos.

Kaum bin ich ihr entkommen, steht die junge Dänin von unserem Tisch an der Treppe hinunter zur Hotelterrasse, in einem gelben Kleid mit dünnen Trägerchen, und fragt mich, ob ich vielleicht Lust hätte, mit hinunterzukommen »ssum Swimmen«. Sie ist zierlich und unscheinbar, mit gelblich blondem, struppigem Haar, bleich und schüchtern, ihre Stimme ist kindlich und leise. Als sie mich so anspricht, wird sie knallrot und möchte am liebsten im Erdboden versinken.

»Im Meer?«, frage ich.

»Oh!« Sie wird noch röter. »Wie dumm von mir! Daran habe ich gar nicht gedacht.«

»Wir könnten es mal im Pool versuchen«, sage ich. »Aber eigentlich wollte ich bloß an die Bar und was trinken. Haben Sie vielleicht Lust, mir Gesellschaft zu leisten?«

»Wissen Sie«, sagt sie, als wir unten an der Bar auf gepolsterten Hockern sitzen, »ich denke, es wäre gut, wenn Sie Ihre Angst und Ihre Abneigung für das Meer gleich überwinden. Am besten so schnell wie möglich.« Sie saugt Caipirinha aus ihrem Glas, mit einem Strohhalm, der in ihrem kleinen Mund sehr groß aussieht. Sie ist zierlich und niedlich und eigentlich sehr hübsch, wie ich feststelle. Ihr Deutsch ist sehr gut, und die Abneigung »für« das Meer lasse ich natürlich durchgehen.

»Sie meinen, ich sollte mich sofort wieder in die Fluten stürzen. Die Schocktherapie, hm?«

»Nun, wir nennen es *Konfrontationstherapie*. Das ist die angemessene Terminologie.«

»Sie studieren Psychologie?«

Sie wird rot, was Ja bedeutet. »Ein seriöser Therapeut würde seine Patienten nie ohne ihr Einverständnis einem unvorhersehbaren Schock aussetzen.«

»Sie würden mich also nicht einfach ins Meer schubsen? Na, das beruhigt mich.«

»Ich meine das sehr ernst«, sagt sie, und da weiß ich auch, was ihr Problem ist, und es erklären sich alle meine unausgesprochenen Überlegungen, was um Himmels willen sie hier mit ihrer Mutter tut, warum sie nicht mit einem Freund ihren Urlaub verbringt. Und warum sie jetzt mit mir an der Bar sitzt. Was bin ich für sie? Studienobjekt? Vaterfigur? Der ersehnte ältere Liebhaber? Oder einfach nur ein Notkontakt aus lauter Langeweile?

»Sie sollten es versuchen. Sonst schleppen Sie diese Angst Ihr Leben lang mit sich herum.«

»Meinen Sie?«

»Je länger Sie es aufschieben, desto schwieriger wird es werden.«

Ich kaue auf meiner Lippe und blicke sie sinnend an. Was sie erröten lässt.

»Wissen Sie, was … hm … wie war noch Ihr Name?«

»Maren.«

»Maren, wissen Sie, was? Mit diesem Namen gehören Sie eindeutig ins Meer. Wir werden uns jetzt umziehen gehen …« – Erröten auf ihrer Seite –, »… jeder für sich, meine ich natürlich, und uns dann hier wieder treffen. Einverstanden?«

Fünf Minuten später stehe ich in Badehose wieder vor Ort – Batista hat wirklich für alles gesorgt –, wo sie in einem gelben Bikini schon auf mich wartet. Und wir gehen hinunter an den Strand.

»Hier«, sagt sie, »genau hier, wo Sie aus dem Meer herausgekommen sind, werden Sie auch wieder hineingehen.«

»Gut«, sage ich – und atme ganz tief ein. »Würden Sie … würden Sie mich vielleicht an der Hand nehmen, und wir könnten gemeinsam …«

Langsam schreiten wir in die Brandung, schwimmen ein Stück hinaus, immer nebeneinander, und wieder zurück, dann sitzen wir am Strand, und nach einer ganzen Weile, nachdem sie mich lange angeblickt hat, fragt sie: »Und? War es slimm?«

»Anfangs ja«, sage ich. »Aber Sie hatten recht. Man muss nur diese Schwelle überwinden. Und dann geht es ganz leicht.«

»Möchten Sie noch einmal ins Wasser?«

»Nein«, sage ich. »Lieber nicht.«

Denn das Meer ist doch um einiges kälter als gestern um diese Zeit.

Ich ziehe es ein wenig in die Länge, ich gebe es zu. Wenn Señor Batista sich nach meinem Wohlbefinden erkundigt, lächele ich gequält und versuche, matt auszusehen. Da der Bräunungseffekt der Sommersonne aber mit jedem Tag fortschreitet und ich, genau genommen, blendend aussehe, wird das zunehmend problematisch. Beim abendlichen Buffet lange ich zu wie ein Scheunendrescher, und der mallorquinische Wein geht runter wie Öl. Ich habe mich lange nicht so gut gefühlt.

Am nächsten Tag, als ich gerade darüber nachdenke, wie es wäre, Desdemona einfach mal – aus Versehen – mit Ketchup zu bekleckern, gehe ich wieder dem bulgarischen Doktor in die Fänge. Er scheint zufällig am Fuß der Treppe zu stehen, die hinunter zur Bucht und zu dem Strand führt, an dem ich angeschwemmt wurde. Aber ich glaube, er hat mich dort abgepasst. Er steht da, in einer türkisfarbenen, knappen Badehose, über der sich sein behaarter Bauch aufwölbt, sodass man sie kaum sieht, mit seinem wirren grauen Haar, und pafft, wie fast stets, an einer Zigarre.

»Mein lieber Freund«, begrüßt er mich. »Sie sehen blendend aus!«

Ja, das befürchte ich auch.

»Machen Sie mir die Freude, und trinken Sie mit mir ein Glas an einem schattigen Plätzchen! Ich lade Sie ein.«

Der Geschmack von Portwein schmuggelt sich bösartig in meinen Mund, ich denke ein verlogenes *Warum auch nicht?* und folge ihm in eines der Lokale, wo man unter Sonnenschirmen herrlich sitzen kann. Wir nehmen Platz, und er reicht mir eine Zigarre – wo zum Teufel kommt die her, er hat doch nichts bei sich! –, und schließlich sitze ich bei süßem, leuchtend rotem Porto beschattet in der vormittäglichen Hitze, produziere Rauchschwaden und denke, dass das Leben herrlich ist. Muss man ein schlechtes Gewissen haben, wenn man der Ansicht ist, dass es im Leben nichts Schöneres gibt, als sich an einem angenehmen Ort mit Alkohol und Tabak zu benebeln?

»Haben Sie je darüber nachgedacht, wann Sie früher schon einmal gelebt haben? – Nein, nein, mein Freund, nicht *ob*. Die Frage ist, *wann*. Dass wir schon früher gelebt haben, steht völlig außer Frage.«

»Finden Sie?«

»Sie denn nicht?«

»Nun, ich weiß nicht. Tatsächlich habe ich darüber schon manchmal nachgedacht. Aber wer wollte mit Sicherheit sagen, ob es so etwas wie Vorexistenz wirklich gibt?«

»Die Tatsache, dass wir darüber nachdenken, jeder von uns – jeder, dessen Horizont dazu ausreicht –, sagt schon viel. Ist Ihnen noch niemals aufgefallen, dass jeder von uns sich ganz offenbar nach einer bestimmten Epoche zurücksehnt?«

»Mmh, warten Sie … Ich versuche gerade zu erschließen, worauf Sie hinauswollen. Wenn man sich als Junge gerne Ritterfilme anschaut, *Ivanhoe* und so weiter, dann hat man im Mittelalter schon einmal gelebt!«

Er sitzt da und lässt genüsslich Zigarrenrauch zwischen seinen Lippen hervorkringeln. Und lächelt. Er grinst übers ganze Gesicht, als er sich vorbeugt und die Asche abstreift.

»Sie halten das alles für einen großen Spaß. Aber wenn Sie nachdenken, dann gibt es eine Zeit, in die Sie sich immer wieder zurückträumen, in Büchern, in Filmen, Reportagen und Dokumentationen. Eine Zeit, die Sie magisch anzieht!«

»So? Und welche Zeit ist Ihre?«

»Meine? Ich bin zweifellos einmal ein Grieche gewesen, im antiken Athen oder vielleicht in Syrakus. Schon als Kind habe ich die *Ilias* und die *Odyssee* verschlungen. Ich lese alte griechische Tragödien und habe das Gefühl, sie in einem anderen Leben bereits mit eigenen Augen gesehen zu haben. Finden Sie es nicht merkwürdig, dass man sich für manche historischen Epochen brennend, ja geradezu leidenschaftlich interessiert und für andere überhaupt nicht, kein bisschen? Sie sind doch mit der Literatur befasst, soviel ich weiß. Sie haben sie studiert und sind der belesenste Mensch auf diesem Planeten – jedenfalls nach den Schilderungen des Mädchens.«

»Maren? Die junge Dänin?«

»Es scheint, Sie haben sie ungeheuer beeindruckt.«

»Sie studiert Psychologie. Mit ihr sollten Sie sich mal unterhalten.«

Er winkt ab, als müsse er ein lästiges Insekt verscheuchen, und beharrt auf seinem Gedankengang. »Allein Ihre literarischen Vorlieben können schon viel Aufschluss geben.«

»Die alten griechischen Tragödien haben mich nie sonderlich interessiert, so viel kann ich Ihnen schon sagen. Also bin ich vermutlich nie ein alter Grieche gewesen.«

»Und welche Zeit ist es, mit der Sie sich immer wieder – und immer wieder mit besonderem Eifer – beschäftigen?«

»Nun ...« Ich versuche, darüber ernsthaft nachzudenken, soweit mir das der Portweinrausch, der sich schnell ausbreitet, noch gestattet. »Ich denke, es ist das 19. Jahrhundert.«

»Und ... denken Sie nach ... können Sie es eingrenzen? In welche Zeit träumen Sie sich zurück?«

»Ich ... ich weiß nicht.«

»Denken Sie nach. Entspannen Sie sich. Seien Sie ganz locker, und lassen Sie Ihre Gedanken kreisen!«

»Nun ... es ist eine Zeit, in der die Menschen in Zügen reisen und telegrafieren. Eine Zeit, in der Briefe lange unterwegs sind und Reisen lange dauern.«

»Weiter, weiter!«

»Eine Zeit, in der die Elektrizität und die Telekommunikation gerade erst erfunden werden. Eine Zeit des Wandels, der sich abzeichnet.«

»Fahren Automobile durch diese Welt, oder sind es Pferdekutschen?«

»Überall ist das Geklapper von Hufen zu hören. Geräusche von Motoren gibt es keine. Am Himmel ist nichts. Nicht mal Kondensstreifen.«

»Und abends, wenn es dämmert ...?«

»Abends zündet man Lampen an und trägt sie durch die Zimmer. Sie geben nur ein schwaches, gelbliches Licht.«

»Und schauen Sie sich die Menschen an. Wie sind sie gekleidet?«

»Die Frauen tragen lange Kleider und die Männer … He, was machen Sie da eigentlich mit mir? Hypnotisieren Sie mich?«

Er blickt mich mit großen Augen an, als wäre er entsetzt über diesen Verdacht.

»Mein lieber Freund, ich bitte Sie!«

Tatsächlich fühle ich mich seltsam benebelt, aber es wird wohl am Portwein liegen. Ich hätte das dritte Glas nicht bestellen sollen.

Er schüttelt den Kopf. »Es ist so offensichtlich, zu welcher Zeit Sie schon einmal gelebt haben«, sagt er. »Und wo.«

»Ach ja?«

»Ich schätze, dass Sie irgendwann um 1840 oder 1850 geboren wurden. Und Sie haben in einer großen Stadt gelebt. In Prag vielleicht. Oder in Wien … Gab es vielleicht einmal eine Stadt, in der Sie traumwandlerisch, staunend, verzückt umhergegangen sind?«

»Ja«, sage ich und blicke ihn beinahe böse an. »Die gibt es tatsächlich.«

Er grinst selbstgefällig und kommt mir vor wie ein Taschenspieler. Oder ein Handleser, der sich vorher genau über sein Opfer erkundigt hat. Selbst wie geduldig er wartet, ohne auf die genaue Antwort zu bestehen, ist eine Unverschämtheit.

»Lissabon«, sage ich. »Das war in Lissabon.«

»Sie haben Glück«, sagt er. »Manche finden ihre Traumstadt nie. Weil sie niemals während ihrer Lebenszeit das Glück haben, dorthin zu gelangen. Oder nie in einer großen Stadt gelebt haben. Aber wenn wir jemals hinkommen, dann erkennen wir sie. Traumwandlerisch. Staunend. Verzückt. Und verzaubert.«

Und da sehne ich mich plötzlich danach, auf dem Castelo de São Jorge zu stehen und auf die Stadt meiner Träume zu blicken. Auf die Gassen der Baixa und über den Fluss, der sich hier weitet, als könne er es bis zum nahen Meer nicht mehr erwarten.

»Und?«, fragt er. »Noch einen *Porto*?« Und feixt mich unverschämt an. Dieser Bastard!

Am nächsten Tag ist er verschwunden. Einfach nicht mehr da. Wie ein Geist. Abgereist.

Seltsam. Manche Menschen erscheinen in unseren Leben wie Boten. Wie Charakterdarsteller, die in unserem Stück ihren Auftritt haben. Oder wie Engel, die uns etwas bescheren. Manche Menschen begleiten uns. Begleiten unser ganzes Leben. Manche kommen immer wieder. Und manche kommen nur ein Mal, ganz kurz. Um dann für immer zu verschwinden. Und doch ihre Spuren zu hinterlassen. Ihre Rolle zu spielen. Ihre Mission zu erfüllen. Zu sagen, was sie sagen mussten.

Manchmal vergisst man Menschen, mit denen man lange zu tun hatte. Und manchmal bleibt jemand für immer haften, dem man nur ganz kurz begegnet ist. Als ich einmal eine zugige Nacht auf einem Londoner Bahnhof verbrachte, zu arm für ein Hotelzimmer und in Erwartung des Morgenzuges nach Hereford, fuhr stundenlang ein Schwarzer auf einem Putzfahrzeug da herum. Wenn er an meiner Bank vorbeikam, zog ich die Beine ein. Das war alles. Aber ich sehe ihn heute noch vor mir. Er hat seine Statistenrolle in meinem Stück glänzend besetzt, ganz ohne Text, ein schweigender Mann auf einem Ding, das ähnlich aussieht wie ein Sitzrasenmäher oder ein Traktor und eine nasse Spur hinter sich herzieht. Ich werde ihn für immer im Gedächtnis behalten.

Am elften Tag werde ich also melancholisch, und das ist nie ein gutes Zeichen. Die schönen Beine des Zimmermädchens machen mich fast wahnsinnig. Muss ihr Kleid so kurz sein? Ist das vielleicht angemessene Kleidung für Hotelpersonal? So was kann einen doch wirklich verrückt machen.

Eigentlich müsste man sich beschweren.

Auch sie werde ich für den Rest meines Lebens mit mir herumschleppen. Ausgeschlossen, dass ich sie je wieder vergesse.

Als ich aus dem Fenster schaue – ich schwöre es! –, sehe ich Desdemona gleichzeitig am Pool sitzen und die Treppe zum Hotel hinaufgehen!

Am Morgen des dreizehnten Tages erklärt mich der Hotelarzt nach einer erneuten Untersuchung für unanständig gesund. Da es nichts gibt, was ihn für die Unvergesslichkeit qualifiziert, werde ich schon bald nicht mehr wissen, wie er aussah.

Also packe ich meine Sachen zusammen – viele sind es ja nicht, nur etwas Kleidung, die mir stillschweigend überlassen wird. Nach dem Frühstück verabschiede ich mich von meinen Tischgenossen. Die alte Engländerin vergießt Tränen, ihr Mann nimmt Haltung an und klopft mir die Schultern. Maren wird knallrot, und Desdemona sieht noch bleicher aus als sonst. Erstaunlich. Als sie mir die Hand gibt, durchfährt es mich kalt. Noch tagelang fühlt sich diese Hand kälter an als die andere.

Anschließend, im Foyer, verabschiede ich mich von Señor Batista, der mich an den Schultern von sich weghält und mich dann an seine Brust drückt. Der in hektische Armbewegungen verfällt, als ich auch nur ansetze, eine Bezahlung ins Spiel zu bringen. Höflichkeitshalber. Dem ich verspreche wiederzukommen, und der darauf auch fest besteht.

Abschiede sind das Schlimmste im Leben, und draußen vor dem Hotel fühle ich mich so entsetzlich, dass die ganze Erholung zum Teufel ist und ich gleich wieder zurück in mein Zimmer könnte, um mir Suppe einflößen zu lassen.

Und dann bin ich wieder zu Hause. Ein Häufchen Elend. Das Leben fordert seinen Tribut, und der Alltag holt mich langsam ein. Ich muss einkaufen und mich zwischen Kartoffelsorten entscheiden, die ich nicht kenne. Ich leide.

*Vorwiegend festkochend.* Heißt das, manche werden matschig und andere nicht?

Am zweiten Tag ruft mich jemand an, der mir mit

französischem Akzent eröffnet, dass er vorhabe, meine Geschichte zu verfilmen.

Am vierten Tag kommen meine Sachen und die Hotelrechnung aus Sardinien. Immer, wenn man mal einen Schnaps braucht, ist keiner da!

Am fünften Tag schickt Desdemona eine E-Mail an die falsche Adresse, die ich ihr gegeben habe, aber ich erfahre nie davon. Wie auch?

Am siebten Tag lese ich in der Zeitung, dass man vor der Küste von Mallorca das Wrack eines uralten Schiffs gefunden hat. An dessen Schätzen sich aber schon jemand – und offenbar erst kürzlich – bedient hat. Und ich erfahre, dass ich bei den spanischen Behörden auf der Fahndungsliste stehe.

Es wird schwierig werden mit der Einreise. Señor Batista wird sich eine Weile gedulden müssen.

# DIE SIEBZEHNTE INSEL

»Du wolltest doch diesen verdammten Gartenteich anlegen! Es war deine Idee!«

»Ja! Aber ich wollte nur einen ganz kleinen! Und dann hast du damit angefangen, dass er größer werden muss!«

»Und die Brücke und der ganze Schnickschnack sind wohl auch allein meine Idee, was?«

»Ein Teich, der den halben Garten einnimmt, muss ja schließlich nach was aussehen!«

»Okay, okay, okay! Meinetwegen! Dann bin ich also mal wieder schuld!«

»Das hat ja keiner behauptet. Und hör auf, mich anzublaffen. Ich kann auch nichts dafür, dass du abgerutscht und in den Teich gefallen bist!«

»Okay. Ist gut. Aber nimm sofort diesen blöden Gartenzwerg von der Brücke!«

»Und du komm endlich von dieser Insel runter! Die ist für die Frösche und nicht für dich!«

# DIE ACHTZEHNTE INSEL

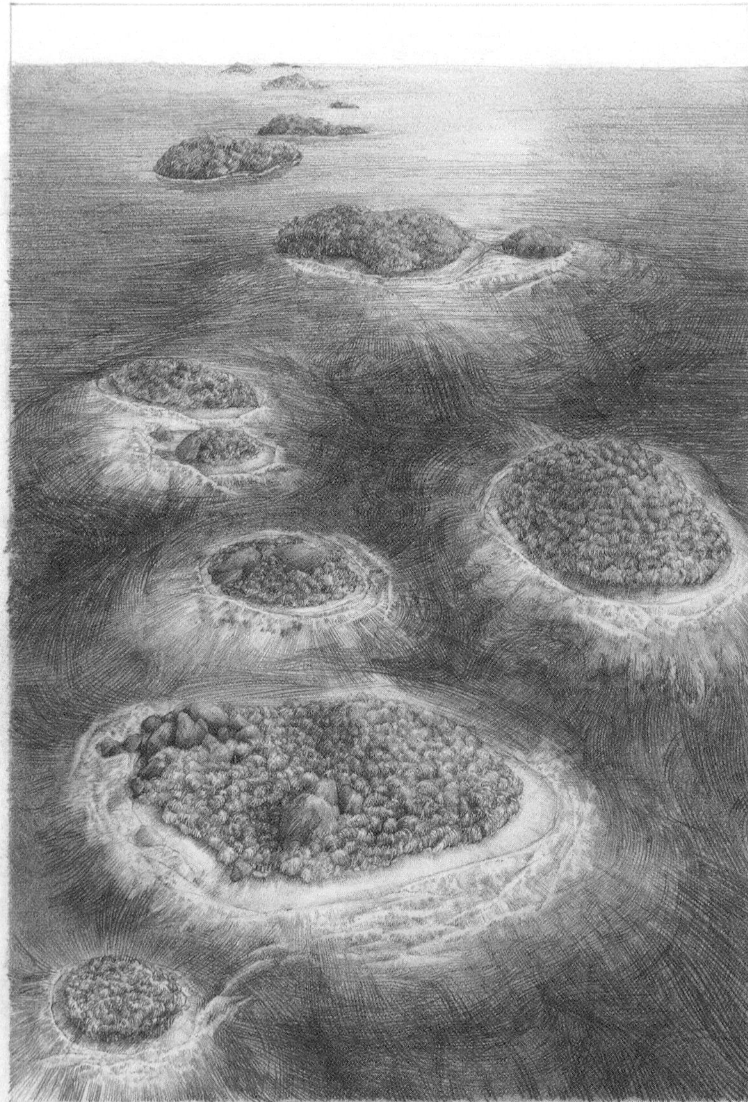

Ich weiß nicht mehr, die wievielte Insel es ist. Es mögen bisher vielleicht sechzehn oder siebzehn gewesen sein. Oder sogar noch mehr. Wenn ich in Gedanken zurückgehe und versuche, meinen Weg zu verfolgen, verschwimmen sie in meiner Erinnerung. Weil sie sich zu sehr gleichen.

Als ich damals auf dieser winzigen Insel strandete, sah ich zu beiden Seiten im Meer andere Inseln liegen. Sie schienen kaum größer, eher genauso groß zu sein wie die, auf der ich gelandet war. Die südliche war etwas weiter weg, die nördliche lag deutlich näher. Was die Entscheidung, zu welcher ich schwimmen sollte, sehr erleichterte. Das Stück Land, wo ich angeschwemmt worden war, war nicht größer als ein Fußballfeld, und es gab dort nichts als Palmen und Gestrüpp und rundum sandige Strände, die in glasklares Wasser führten. Eine aberwitzige kleine Idylle, wie aus einem Urlaubskatalog. Doch gab es nicht das geringste Zeichen dafür, dass jemals ein Mensch sie betreten hatte.

Vielleicht hätte ich dort sogar überleben können. Die Kokosmilch konnte mir das Wasser ersetzen. Aber wie lange konnte man von dem Fruchtfleisch leben? Und wie wären hier meine Chancen auf Rettung, wenn es nicht das kleinste Zeichen menschlicher Anwesenheit gab? Widersinnige Momente, in denen man nach herumliegenden Coladosen und Plastikflaschen Ausschau hält, deren Anblick einem Hoffnung geben könnte. Wenn ich »meine« kleine Insel umwanderte, fühlte ich mich ein wenig wie in den Abertausenden von Bilderwitzen, in denen ein Bärtiger am Stamm einer einzigen Palme lehnt.

Die nördliche Insel war gut zu erkennen. Sie war ebenfalls klein, doch erhob sie sich im Zentrum immerhin zu einer Anhöhe. Dort hinüberzuschwimmen, das musste zu schaffen sein. Zwar zögerte ich es hinaus, weil ich meinen Fähigkeiten als Schwimmer misstraute, doch gleichzeitig erfasste mich eine wiederkehrende Erregung bis hin zu rasendem Herzklopfen. Ich wollte es schaffen und träumte nachts von dem Moment, dort drüben an Land zu gehen. Es musste ein triumphales Erlebnis sein.

Ich hatte nichts. Nur die Kleider, die ich am Leib trug. Feuer konnte ich keines machen. Was bedauerlich war, da es in den Nächten, wenn der Morgen nahte, erstaunlich kühl wurde für diese fast tropischen Breiten. Ich hatte nichts. Und ich hatte nichts zu verlieren. Außer meinem Leben natürlich. Was viel war. Doch was nützte mir mein Leben in einem abgeschiedenen Miniaturparadies?

Ich stieg ins Wasser und schwamm drauflos, gegen die Wellen an. Sie warfen mich zurück an Land. Zweimal, dreimal. Es gab anscheinend kein Entkommen. Die Brandung war zu stark. War ich hier gefangen, für immer? Für den Rest meiner Tage? In mir bäumte sich etwas auf.

Es war eine Kinderseele in Panik. Etwas Wildes, Kompromissloses. Ich hatte nicht gewusst, dass so etwas da drinnen existierte.

Am fünften Tag war der Wind abgeflaut, die Brandung war deutlich schwächer. An ein Stück eines verrotteten Palmenstammes geklammert, gelang es mir, die anbrandenden Wellen zu überwinden. Und dann schwamm ich mit aller Kraft, ließ irgendwann das Holz los, das sich vollsog und zu versinken drohte, und schwamm in die Richtung, wo ich nur beim Auftauchen aus den Wellentälern die andere Insel sehen konnte.

Es dauerte viel länger, als ich es mir ausgemalt hatte, und als ich dort an Land ging, war ich so erschöpft, dass ich am Strand liegen blieb, genau so, wie ich es in ungezählten Filmen gesehen hatte. Keine triumphale Euphorie. Nur große Erleichterung und Dankbarkeit. Und die tiefe Gewissheit, dass ich ein solches Wagnis niemals wieder eingehen würde.

Doch nach zwei Tagen war ich so weit wieder bei Kräften, und diese Insel erwies sich als kaum größer als die vorige. Der Buckel, zu dem sie sich aufschwang, fiel bei näherer Betrachtung zu bescheiden aus, um eine Quelle hervorbringen zu können. Kokospalmen gab es nur wenige, dafür Sträucher mit mangoartigen Früchten. Ob ich mich verbessert oder verschlechtert hatte, war kaum zu bestimmen. Ich versuchte mir auszureden, dass eher Letzteres zutraf.

Nachts war der Sternenhimmel so überwältigend, dass ich nur stundenlang wach am Strand lag und hinaufschaute. Es sah aus, als habe jemand Perlen hinter sich ausgestreut, man blickte direkt ins Zentrum der Milchstraße.

Auch hier keine menschliche Spur. Ich war genauso allein und verlassen wie zuvor.

Am Tag sah ich hinter mir die Insel liegen, von der ich gekommen war. Und im Norden, in der anderen Richtung, eine weitere. Die Entfernung schien geringer zu sein als beim letzten Mal, aber dafür war diese Insel noch deutlich kleiner als die, die ich hinter mir gelassen hatte, nur ein Fleck in den Weiten des Ozeans, kaum bewachsen. Doch glaubte ich, dahinter, im Dunst des Horizonts und halb verdeckt durch die kleine Insel, ein weiteres Stück Land auszumachen.

Ich brach Muscheln auf und würgte das Fleisch hinunter, ich aß Früchte. Doch ahnte ich, dass es mir hier nicht auf Dauer gelingen konnte zu überleben.

Ich musste weiter.

Die dritte Insel war tatsächlich winzig, nicht halb so groß wie die erste, aber die nächste war deutlich größer, ungefähr doppelt so groß wie diejenige, von der ich ursprünglich aufgebrochen war. Im Inland – wenn man es so nennen will – war sie felsig und üppig bewachsen. Doch auch hier gab es keine Quelle.

Tropische Vögel ließen in den Bäumen ihre Rufe vernehmen, doch alles wurde letztlich vom Wind beherrscht, der die anderen Geräusche übertönte. Ich weiß noch, dass ich damals anfing, mich nach einem stillen Ort zu sehnen, irgendeinem windgeschützten Platz, wo ich nichts anderes hören könnte als meinen Atem. So wie im Gebirge, wo ich die Stille so liebte und wohin es mich hauptsächlich deshalb immer wieder gezogen hatte. Wegen der vollkommenen, immer wieder überraschenden Stille. Doch hier bildeten Wind und Wellen eine ständige Geräuschkulisse, so mächtig, dass man sich am Strand nur durch lautes Rufen mit anderen hätte verständigen können.

Ich kann nicht mehr genau sagen, wie lange ich auf dieser Insel blieb. Es mögen zwei oder drei Wochen gewesen sein. Aber immer wieder stand ich am Strand und blickte nach Norden. Dorthin, wo ich am Horizont die nächste Insel sehen konnte. Viel größer, wie es aussah. Aber auch weit entfernt. Dort hinüber, konnte ich das wagen? Nicht allein schwimmend, das war mir von Anfang an klar. Ich hatte eine Kostprobe davon bekommen, wie einen Strömungen wegzuziehen drohten, gegen die man stetig ankämpfen musste, um sein Ziel nicht zu verfehlen.

Ich baute mir ein Floß. Ich! Stand tatsächlich an einem Strand am Ende der Welt und versuchte, mit Pflanzenfasern Stücke halb verrotteter Bäume und dünne Stämme zu einem abenteuerlichen Gebilde zusammenzufügen. War das nicht zum Lachen? Ja, ich stand da und lachte, in einem fort, konnte nicht mehr aufhören und lachte mich in einen Rausch hinein, bis ich erschöpft zusammensank, von dem Weinen geschüttelt, in das sich das Lachen verwandelt hatte, nach und nach.

Die Holzstücke und Stämme wollten nicht zusammenhalten. Es war nicht so einfach wie in den Büchern und Filmen. Nichts war so einfach wie in Filmen! Und nichts davon war schön! Über allem lag diese lähmende Todesangst, die Angst, in dieser Abgeschiedenheit sein Leben zu verlieren. Zu verhungern. Zu verdursten. Nie gefunden zu werden. Sein Leben mit all den Plänen und Hoffnungen, die man gehabt hatte, im Nichts zu beenden, wo nicht mal jemand davon erfuhr.

Aber es ist nicht wahr, dass nichts schön war. Der Anblick des Himmels konnte schön sein und jeder weitere überstandene Tag. Das Beten. Dieses Sprechen mit einem Wesen, das ganz unbestimmt war. Und das einem im Zuge dieser Hinwendung seltsam nahekam. Sodass allein dies schon ein Beweis für seine Existenz zu sein schien.

Es wird mich schützen, dachte ich. Ich sagte es mir immer wieder. Aber nicht bloß, um mich froh zu reden. Es war eine tiefe Überzeugung in mir. Jeden Abend, wenn ich mich unter Blättern und Zweigen zum Schlafen einigelte, begab ich mich in die Hände einer schicksalhaften Macht, deren Existenz ich immer geleugnet hatte. Wenn ich mich niederlegte, sagte ich immer denselben Satz: »Ich begebe mich in deine Hände.« Es kam mir albern vor. Ich war froh, dass niemand mich sah und hörte. Aber ich sagte es, jeden Abend. Lass mich leben oder töte mich. Es liegt bei dir.

Liebst du mich? Dann töte mich nicht. Hilf mir und beschütze mich. Gib mir Kraft!

Mein glorreiches Floß brach auf halbem Weg auseinander, die Holzstücke rutschten unter mir weg. Mein wunderbares Segel aus zusammengeflochtenen Palmenzweigen hatte mich gerade eben durch die Brandung gebracht, bevor es davonflog. Die zweite Hälfte schaffte ich schwimmend, aber ich glaube, dass ich die Insel überhaupt erreichte, war nur ihrer Form zu verdanken. Sie war nicht groß. Nur lang. Sehr lang. Und ich erreichte mit Mühe und Not das eine Ende. Es hätte nicht viel gefehlt, und ich wäre vorbeigetrieben.

Lang und leicht gebogen lag sie im Meer, am einen Ende eingeknickt, sodass sie auf dieser Seite eine lagunenartige Bucht bildete, in der es mir gelang, Fische zu fangen. Ich aß das rohe Fleisch mit Heißhunger. Es war widerlich, und es war köstlich, beides zugleich.

Während ich aß, blickte ich hinüber, dorthin, wo sich eine neue Insel aus dem Meer erhob. Gar nicht so weit entfernt.

Nachdem ich die Lagune verlassen habe, bin ich mir der Reihenfolge nicht mehr sicher, und auch die Einzelheiten verschwimmen. Ich landete auf flachen Inseln, dicht bewachsen mit tropischem Busch. Auf lang gezogenen, sandbankartigen Erhebungen im Meer, auf denen nicht mehr wuchs als einige Palmen oder Büsche. Manchmal erhoben sich hügelartige Kuppen, aber die meisten der Inseln waren ganz flach. Manche hatten felsige Ufer, aber überall gab es auch sandige Buchten, und die meisten waren umsäumt von Stränden. Viele waren unwirklich schön. Wenn ich auf einer Insel angelangt war, gab es immer eine weitere. Noch eine. Und noch eine. Es scheint kein Ende zu nehmen.

Wie weit wird mich diese Reise noch führen? Wie oft kann ich das Schicksal noch herausfordern? Es kann nicht endlos so weitergehen!

Viele Monate sind vergangen. Wie viele genau, kann ich nicht sagen. Vielleicht schon über ein Jahr. Auf einer der Inseln bin ich ungefähr drei Monate geblieben. Vielleicht auch vier. Dort gab es Süßwasser, verschiedenartige Früchte, eine seichte Bucht, durch welche die Fische in Schwärmen zogen. Und eigentlich war ich damit ja am Ziel. Ich hatte Wasser und Nahrung. Hier konnte es mir gelingen, zu überleben. Mein Zustand hatte sich mit der Zeit verschlechtert. Ich war ziemlich abgemagert, meine Kleidung hatte gelitten und fiel mir bereits von den Knochen. Doch dort, auf einer unförmigen Landmasse, die mir Wasser und Nahrung bot, kam ich langsam wieder zu Kräften.

Das war es doch, was ich gewollt hatte: überleben. Hier konnte es gelingen. Ich hatte sogar ein Baumhaus gebaut, weil ich die Insekten und Schlangen am Boden fürchtete. Mit denen ich bereits Bekanntschaft gemacht hatte. Stiche und Bisse hatten sich immer wieder entzündet, an Beinen und Armen hatte ich mittlerweile Verhärtungen und Narben. In einer der Brandungen war mir an kantigem Felsgestein ein Fingernagel abgerissen. Die Fingerkuppe war verstümmelt, ein hässlicher Stumpf.

Aber trotzdem blickte ich sehnsüchtig zur nächsten Insel, die am Horizont zu erkennen war. Ich musste weiter. Immer weiter. Denn ich wollte zurück. Nach Hause. Es war das, was noch wichtiger war, als bloß zu überleben.

Meinen Aufbruch habe ich sehr bereut. Denn auch diesmal lösten sich auf See die »Taue« meines Floßes, die Stämme kamen ins Schlingern. Das Floß drohte auseinanderzubrechen. Ein Floß, das von mehreren Haien umkreist wurde. Fieberhaft versuchte ich, einige der Stämme zusammenzuhalten. Einer nach dem anderen löste sich. Ich schrie. Ich klammerte mit aller Kraft. Und erreichte auf drei lose zusammengebundenen Stämmen das Ufer, schon in der Dunkelheit, als die Landmasse vor mir nur noch ein dunkler Schatten war, der sich vor dem Hintergrund der Sterne abzeichnete. Es war pures Glück, dass die Strömung mich genau dorthin trieb.

In dieser Nacht wäre ich, durchnässt und unterkühlt, wie ich schon war, beinahe erfroren. Konnte kaum auf den Beinen stehen und musste doch gehen, mich bewegen. Die Stunden bis Sonnenaufgang waren endlos. Als die Sonne heiß auf den Strand herabschien, lag ich im Sand, zitternd, durch und durch kalt, ein bibberndes Nervenbündel.

Nichts wird mich mehr von hier fortkriegen, sagte ich mir. Aber dann zog ich doch weiter, schwimmend diesmal, zu der nahen, nächsten Insel. Von der aus sich der Blick eröffnete auf eine weitere.

Nachts, wenn ich dalag und den Himmel betrachtete, fragte ich mich ernsthaft, ob das hier die Wirklichkeit war oder doch eine andere Art von Existenz. Vielleicht war ich gestorben und hatte es bloß nicht gemerkt. Es schien auf der Welt keinen Menschen zu geben außer mir, und wo auf der Erde sollte es Inselketten geben, die sich endlos aufreihten? Und die so unberührt waren. Ich schaute auf zum Himmel und betrachtete diesen Sternenteppich und die Sternengruppen und Nebel, die sich abzeichneten, wie feiner Staub. Ich sah das ganze All vor mir, bis in Tiefen, die Milliarden von Lichtjahren entfernt waren. Helle Flecken zeichneten sich ab, benachbarte Galaxien. Dass ich so ganz allein war und tief ins Universum blickte, war ein unbeschreibliches Gefühl.

Vielleicht sechzehn Inseln liegen hinter mir. Vielleicht auch mehr. Aber ich muss immer weiter. Zur nächsten Insel.

Sie liegt klein und ganz fern am Horizont, und offen gestanden bin ich nicht sicher, ob ich es bis dahin schaffe. Wenn die Meeresströmung mich mit erschreckender Macht fortreißt, so wie es bei einer der ersten Inseln und noch einmal vor einigen Wochen gewesen ist, dann kann es sein, dass alle Anstrengungen nicht ausreichen. Dass mir eines Tages die Kräfte ausgehen.

Aber bisher habe ich alles geschafft, und da ist immer dieses Gefühl, dass jemand da ist und über mich wacht. Dieses Gefühl, das mich all die Monate lang nicht verlassen hat.

Ich bin schon so weit gekommen! Und jetzt aufzuhören, aufzugeben, das hätte wirklich keinen Sinn.

So werde ich also wieder in die Fluten tauchen. Tauchen wie ein Seehund, mit der Technik, die ich mir angeeignet habe, mit der es gelingt, die Brandung zu überwinden.

Ich begebe mich in deine Obhut, lege mein Schicksal in deine Hände. Schütze mich. Gib mir die Kraft.

Töte mich oder lass mich leben.

Es liegt jetzt ganz bei dir.

# DANK

Meinem Vater.
Der nicht ahnen konnte, was er mit einem Buchgeschenk auslöst.

Und meiner Mama, in memoriam. Für alles.
Harry Belafonte war für dich.

Um die ganze Welt des
GOLDMANN Verlages
kennenzulernen, besuchen Sie uns doch
im Internet unter:

**www.goldmann-verlag.de**

*Dort können Sie*
nach weiteren interessanten Büchern ***stöbern***,
Näheres über unsere ***Autoren*** erfahren,
in ***Leseproben*** blättern, alle ***Termine*** zu Lesungen und
Events finden und den ***Newsletter*** mit interessanten
Neuigkeiten, Gewinnspielen etc. abonnieren.

Ein ***Gesamtverzeichnis*** aller Goldmann Bücher finden
Sie dort ebenfalls.

Sehen Sie sich auch unsere ***Videos*** auf YouTube an und
werden Sie ein ***Facebook***-Fan des Goldmann Verlags!